語言文化學

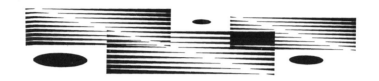

周慶華 / 著

序

　　世上的東西，「語言」是我特別有感應的。只要跟語言沾上邊的書或文章，我都很好奇的想探個究竟。逐漸地，我能夠認同、也確定一些語言學家所說的話：人活在語言世界裏，也用語言來塑造自己、成就自己。後來又出現了一個令人著迷的領域：文化。五花八門的文化理論，曾讓我欣喜過，也讓我困惑過。在一番苦思艱慮後，終於發現文化得用語言去說它，因此，文化根本就不是另一個東西，而是由語言所建構起來的這個世界的總稱。這時我的直覺是：應該寫一本書，好好把這個問題談清楚。現在這本書寫成了，可以對自己有個交代。

　　書名，原來考慮的很多，從《語言與文化》到《語言／文化的覃思》到《語言／文化學》等等都有，最後準備以《語言／文化學》定案。友人孟樊兄看到後，直指《語言／文化學》不成書名，建議我去掉斜槓，就逕稱為《語言文化學》。我相信他編輯專業的眼光，所以決定採用這個我當初連想都沒想過的名稱（雖然在內文中也提過它）。我最想要用或我覺得較為貼切的名稱是《語言／文化的覃思》。在數度更易書名後，我希望這本書仍維持是「對語言／文化進行一番深思」的性質。當然，它也粗具一門學科的規模，

大家把它當作研習或補充的對象，也未嘗不可。

　　這本書，完全是去年八月應聘到臺東師院語教系任教，系上要我開「語言與文化」課後，專心撰寫的。第一堂課，年輕朋友們問我有什麼可以作為教科書，我回答說：「在國內還找不到這樣的書，如果要的話，等我寫出來。」他們粲然一笑，似乎不太滿意我的回答。其實，大家都心知肚明，凡是成為「教科書」的，也就沒有什麼可看了（該講的都講了，沒講到的永遠也講不到）。我不希望這本書這麼早被定型；倘若以後還有開這類課，就將它列為「參考書」之一好了。

　　來到臺東這個世外桃源的地方，一直都被教書、讀書和寫稿佔滿，竟然還抽不出空好好瀏覽本地的風光，說來好笑。尤其夜夜伴著宿舍附近鴨羣的驚叫、沒準的的雞啼和風撓樹梢的顫慄聲，居然也可以無動於衷（不像較年輕時候常有的一些莫名的淒寂或荒涼感），連停下來「感懷」一番或走出去「激情」一陣也沒有。難道這就是步入中年的徵候吧？望著眼前排著的許多寫作計畫，除了逐次去實現，我不知道自己還能成為什麼，也無法給自己任何的評估，就繼續這樣走下去吧（也許這才「自然」一點）！

周慶華

一九九七年五月於臺東

目次

第一章　緒論

第一節　語言／文化的關係分辨

　　語言和文化這兩個概念存在已久，而以它們爲探討對象的後設理論也相當可觀，如一般語言學、描寫語言學、歷史語言學、比較語言學、應用語言學、語言類型學、語言哲學、語言人類學、結構語言學、伴隨語言學、心理語言學、社會語言學、數理語言學、語言統計學及文化學、文化科學、文化哲學、文化人類學、文化社會學等等（參見張世祿，1979：1～15；陳新雄等編著，1989；張廣智等，1994：1～17；黃文山，1982：1～24；莊錫昌等編著，1991），都是因爲這兩個概念而衍生或成立的學科。這在當代又有人將兩門學科加以結合，而建構語言文化學或文化語言學這一新的學科（參見邵敬敏主編，1995；李瑞華主編，1996）。

　　然而，當語言和文化這兩個概念被並列或聯合在一起談的時候，它們究竟是什麼樣的關係？一般都說語言是文

化的一部分（通常相關的著作也都這樣歸併，參見馬凌諾斯基（B. Malinowski），1987；卡西勒（E. Cassire），1989），但又說語言是文化的載體（參見程祥徽主編，1996；邵敬敏主編，1995；李瑞華主編，1996），顯然這是相互矛盾的。換句話說，如果認定語言是文化的載體，那語言就不是文化的一部分，而是語言和文化形成一體的兩面。還有把上述的說法分開來看，「語言是文化的一部分」如果成立，那語言和文化的關係就是：語言＜文化；反過來說，「語言是文化的載體」如果成立，那語言和文化的關係就是：語言＝文化或語言＞文化（語言另有非文化的成分，如指涉自然世界之類）。因此，語言和文化的關係，就不是大家所想像的立即可以聯結那麼單純，它可能比這裏所提及的還要複雜。

　　依我個人的考察，語言和文化所以能夠係聯，絕不止於語言和文化本身有所謂內在理路的相通或某些本質的同一，還要看論述者如何給語言和文化下定義。也就是說，語言和文化之間的關聯，最後是要由論述者所作的界義來決定。如「語言是人類說話功能的社會產品，同時它也是促使人類能使用這種說話功能的一切必須的約定俗成的規則的集合」或「語言是任意的聲音符號以及語法信號的系統，是一個語言社區中的成員跟其他成員溝通訊息，相處以及傳播其文化所使用的方法」（謝國平，1986：9、10引）這類有關語言的定義，已經預設了文化的另類存在，於是語言和文化的關係，就變成前者是後者的（傳播或傳承）

工具；又如「語言是一組（有限或無限的）句子的集合，其中每一個句子的長度都是有限的，而且每一個句子都是由有限的一組成分所組成的」或「語言是人類表達及溝通其意念、感情及慾望的一種方法，這種方法本身的形式是一個符號系統，而這些符號則是人在自主而有意識的情形下由『發音器官』所發出的聽覺上的訊號」（謝國平，1986：8、9引）這類有關語言的定義，就看不出它跟文化的關係，倘若要知道它跟文化的關係，還得結合相關文化的定義（如索緒爾（F. de Saussure）把語言看作一種符號系統，而卡西勒把文化也看作一種符號系統，這中間必定有重疊或聯結，參見莊錫昌等編著，1991：124～134）。此外，像人類學家把語言當作文化行為的模式、社會學家把語言當作社羣成員之間的交互行為、文學家把語言當作藝術媒體、哲學家把語言當作解說人類經驗的手段、語言教師把語言當作一套技能等等（參見陳新雄等編著，1989：292），也可以再看有關文化的定義，而得出兩者相涵或同一的關係。由此可見，只在語言和文化本身窮追究，是永遠或不大可能說得清楚這個課題的。

雖然如此，這裏也不僅僅陳述這個現象或事實而已，最終還須提出個人的看法，才能顯示本書的立場以及預告整體的論述脈絡。大致上，語言（包括口說語和書面語）在大家的見解中並沒有太大的差異；但文化就不同了，它到本世紀五〇年代初為止，就有一百六、七十種或多或少相異的說法（參見殷海光，1979：30～43及沈清松，1986：

22引述），至今相關的說法又不知凡幾。在這種情況下，個人不可能重拾舊說或折衷舊說，而必須另作假定，才方便論述下去。這個假定，就是文化是語言的別一解釋。它們的關係，可以用一條斜槓來表示：語言／文化。這條斜槓兩邊的概念，本來也有相對立或辯證的關係（如眞理／虛假、理性／瘋狂、中心／邊緣、本質／現象、物自身／表象、表面／深層、意識／潛意識、意指／意符等等），在這裏特指彼此是同一的。這樣說，可能會被誤以爲文化是後出的概念（而事實上文化可能先語言出現或同時出現），而演變成「先有雞或先有蛋」的無謂爭辯。關於這一點，個人必須聲明，這跟兩個概念出現的先後次序無關，唯一有關的是爲便於理論的再建構或指引一個理論再建構的方向。

第二節 探討語言／文化的目的與範圍

在本論述脈絡裏，所以把語言和文化視爲同一而彼此的表面分別爲文化是語言的別一解釋，主要的理由是文化除了偶爾也被用來指涉人爲的器物，它都得以語言形式存在且要能以語言陳述才能算數。因此，文化在不說它是文化時，本身就是語言。而其實，連那些人爲的器物，也都有相應的名稱，當文化也被用來涵蓋它們時，它們依然有個語言形式可被掌握。這樣一來，即使語言和文化不能完全劃上等號，但跟它們的同一性諒必也相去不遠了。

有這個前提，才能進一步考慮探討語言／文化的目的和範圍問題。如果說文化是語言的別一解釋沒有疑問的話，我們還可以再推：語言或文化也能別作價值的解釋。價值向來被認為是人類發揮潛能創造文化（語言）的終極誘因（參見方迪啓 (R. Frondizi)，1984：1～4；王克千編著，1989：51～60；李明華，1992：33～36），任何一個文化系統所顯現的就是一個價值系統，而文化系統和文化系統之間的差異也就是價值系統的差異。於是在不免要選擇某一文化系統作為論述主軸的情況下（這是任何相關的論述所要經歷的），類似下列這一目的預設就有可能發生：

> 在當今「世界文化」的脈絡裏，探討整個中國文化的重建、再生和出路問題，都應採取這類比較寬廣的視野和比較長遠的眼光。今後我們發展中國文化，當然絕非為了迎合西方文化，但也不是為了對抗西方文化。今後，我們應該以發展中國文化（生活方式）作為一個實例，甚至範例，來豐富「世界文化」，改良「世界文化」，甚至──如果我們有能力的話──指導「世界文化」（何秀煌，1988：23～24）。

只是涉及「豐富」、「改良」，甚至「指導」其他文化系統或整體文化系統如何可能的問題，向來很少人反省，以至這不啻成了理想高懸，終究難以實現。本論述自然也不可能虛設這種目的。

　　還有一種為規畫理想的文化系統的目的預設也很流

行，所謂「我們將國家必須承擔的文化工作逐條詳列，就可發現目前我們生活在一個凡事講求組織及效率的時代中。一個推行全盤文化計畫的時代已經來臨了」(赫爾 (V. Hell)，1990：129)。這比較具體的發展目標，約略有：(1)傳統文化領域和科學技術的交流整合；(2)社會學意義上文化交流的多樣化；(3)交流互惠的政策替代了以往單向的行動；(4)考量政治和文化之間的關係成為當務之急 (同上，130～133)。雖然它已是一個共同的趨向 (不限於西方或東方)，但離能夠落實恐怕還很遙遠。原因正如一位「反文化」學者所指出的：

> 在我們面前擺著三個密切相關的巨大難題：如何在不同國家、不同階級、不同人種、不同民族以及兩種性別、多種年齡層之間增強正當性？如何贏得和平，取消有組織的和官方的作為解決爭端之手段的暴力？以及如何保護環境，扼制人口膨脹、資源濫用和各種污染？人類並非沒有意識到這些問題，人們已經擺出了一些試探性的姿態。但是，人類現存的各種社會制度似乎無力做出迫在眉睫的重大改革 (英格 (M. Yinger)，1995：ii)。

因此，目前所看得到的文化規畫，都只能是「雷聲大，雨點小」，很難有成效。本論述固然可以提供文化規畫一些理論基礎，但不會逕以它為目的預設。剩下來，本論述所能做的是儘可能將語言／文化所牽涉的層面作一點剖析，權

當認知的對象，然後藉以推測發展文化可以走的方向。而所謂發展文化中的「文化」，當然是指自己比較熟悉的本國文化。至於它如何匯入世界文化之流或如何參與改造、發展世界文化，那就需要羣策羣力才能辦到，個人不敢在這裏奢言什麼。

由於文化是語言的別一解釋，在「論述時間」裏它的後起性仍是存在的，而在論述習慣上一個後起性的對象往往是論述的重點，所以文化部分就成了本論述所要凸顯的（語言只是用來作文化解釋的）。不過，本論述並不純粹在凸顯本國文化，它也得有一些西方文化作爲對照系，才可看出本國文化的特殊性。但這並不表示本論述要以所有中西文化爲探討範圍，它除了扣緊本國文化一環，對於西方文化是「隨機取樣」的。理由是它不但受限於個人的能力（無法認識多種文化系統），也受限於論述的體例（沒有一種論述能細密的比較各種文化系統）。

第三節　相關方法論的問題

探討語言／文化的課題，基本上也要有一些程序或步驟，也就是方法的問題。一般論述者所採取的無非是普通義的對比分析法。它被界定爲不同於比較分析法；比較分析法是歷時性研究，它要追溯語言之間的譜系關係，而對比分析法是共時性研究，它要揭示語言之間的一致性和分歧性（尤其是分歧性）。但爲了說明問題，對比分析法有時

也不能不談詞源和語言（文化）的歷史演變（參見李瑞華主編，1996：4）。另外，有一種特殊義的對比法，它是個別論述者所提出，主要用來取代一般所謂的比較研究法和修正過分強調否定性的辯證法，希望能夠兼顧思想和存在中各種因素的差異性和統一性、斷裂性和連續性，以便作爲今後任何不同的因素、思想和文化傳統相遇和交談，對照和會通，甚至進而綜合和創新的根本觀念和步驟。而所謂對比，是指相同和相異、配合和分歧、採取距離和共同隸屬彼此之間的交互關係和運作，使得處在這種關係裏面的種種因素，相需相索，相輔相成，因而共現於同一個現象場地，並隸屬於同一個演進的運動（沈清松，1986：9～10）。後者在論述者的運用中，是跟其他方法相配合的，並不像前者單獨被運用。因爲提及前者，爲了顧及還有後者，所以順便加以敘述。

不論是那一種對比法，都少了一點什麼。如普通義的對比法（對比分析法），它在對比分析的過程中，必定有主體意識和價值觀的介入，不可能純作中性的對比分析。因此，像語言的語音、語詞、語法這些可以直接經驗的對象，固然有辦法加以對比，但一旦涉及個別語音、語詞、語法顯示了什麼文化內涵，就不得不藉助詮釋（解釋）了。還有像語義、語境（包括上下語脈和社會歷史背景），以及它們所顯示的文化內涵，也需要透過詮釋才可被掌握，這豈是一個「分析」所能了結？又如特殊義的對比法，它所強調的「相同和相異、配合和分歧、採取距離和共同隸屬彼

此之間的交互關係和運作」這一判斷和運作方式，最多也只具有相互主觀性，不可能具有絕對客觀性，以至它的功效還有待考驗。這不妨舉一個具體的例子來作說明。有個研究案例這樣說：

在英語中，"individualism" 被定義爲「主張個人正直與經濟上的獨立，強調個人主動性、行爲與興趣的理論，以及由這種理論指導的實踐活動」。在歐洲，個人主義的萌芽與中世紀的神權中心，封建關係相對立，它在近代資本主義發展的歷史進程中起了積極的推動作用……在美國，個人主義者的典型形象是移民初期身攜長槍與斧頭的拓荒者（pioneer）。他們勇於進取，珍視個人權利，敢於漠視政府和法律。這種個人奮鬥精神作爲整個民族的文化精髓被傳承了下來，在衆多現代西方社羣中，人們普遍將注重個人自由和個人權利視爲實現自我價值的積極表現，「個人主義」作爲這一精神的概括自然被賦予積極意義。在漢語中，「個人主義」的詞典定義是「一切從個人出發，把個人利益放在集體利益之上，只顧自己、不顧別人的錯誤思想」。中國社會主張個人服從集體，崇尚「大公無私」、「破私立公」、「毫不利己、專門利人」。在這種文化氛圍中，「個人主義」便自然地成爲與「集體主義」相對的貶義詞，與它相關的是「自私自利」、「損人利己」、「損公肥私」等受到否定的概念和行爲。在此，該詞

的「感情意義」已同「概念意義」、「內涵意義」渾然一體（李瑞華主編，1996：137）。

這顯然是運用了普通義的對比法所得出的結果。殊不知有關「個人主義」在中西方獲致不同的評價，完全是詮釋（而不是分析）來的。又如果採取特殊義的對比法也得出這樣的結果，那我們要說未必盡是如此：個人主義在西方也有負面的評價（參見布魯格（W. Brugger）編著，1989：279），而在東方也有正面的評價（參見殷海光，1979：291～362；余英時，1989：83～85；楊國樞編，1994：321～420）。可見這類方法在運用上有些侷限存在，論述者似乎都還沒有注意到。

　　現在本論述要保留對比法中的「對比」作為論述主脈的最末一道程序，而以詮釋學方法中的「詮釋」手段作為中介（以便賦予意義或重構意義。有關詮釋的問題，參見周慶華，1996a：1～19），以及採用現象學方法中的「描述」成分作為先行（有關描述法的問題，參見沈清松，1986：5～6）。這些合而構成本論述的方法基礎。此外，將在第五、六章中檢討當代相關的思潮，並略作預測語言／文化未來發展的方向。

第二章　語言的一些概念

第一節　語言系統

　　語言雖然可以任人定義，但它是一連串有意義的音響，這應該是不容否認的事實。大家比較好奇的是，人怎麼會發出這樣的音響(人也會發出沒有意義的音響)？有關這個問題，向來有「神授」和「人造」兩種主要的解答：神授說以為語言是由天神直接傳給人類的；人造說以為最初的人類本來沒有語言，後來出了一位聰明才智特高的人，發明了語言而傳授給別人（參見張世祿，1979：29）。此外，還有（人類）模仿自然界的聲音、直覺情緒的喊叫、合作勞動的發聲、手勢傳訊、音樂歌唱和接觸呼喚等等解答（參見謝國平，1986：25～28）。這些都無法證實，也無法否證。唯一可以確信的是，大多數人都具有語言能力，以至有所謂發出語言、學習語言、傳播（傳承）語言，甚至創造語言等等事實的存在。

　　由語言的起源所衍生的另一個問題是：為什麼人類會

操不同的語言？這個問題，《聖經》〈創世紀〉提出了一個
解答：

> 那時，天下人的口音言語，都是一樣。他們往東邊遷
> 移的時候，在示拿地遇見一片平原，就住在那裏。他
> 們彼此商量說，來罷，我們要作甎，把甎燒透了。他
> 們就拿甎當石頭，又拿石漆當灰泥。他們說，來罷，
> 我們要建造一座城，和一座塔，塔頂通天，爲要傳揚
> 我們的名，免得我們分散在全地上。耶和華降臨要看
> 看世人所建造的城和塔。耶和華說，看哪，他們成爲
> 一樣的人民，都是一樣的言語，如今旣作起這事來，
> 以後他們所要作的事，就沒有不成就的了。我們下去，
> 在那裏變亂他們的口音，使他們的言語，彼此不通。
> 於是耶和華在那裏變亂天下人的言語，使衆人分散在
> 全地上，所以那城名叫巴別（就是變亂的意思）（譯文，
> 見廖炳惠，1990：281〜282引）。

這個解答，當然不會令人滿意。因爲根據它的講法，是人
類的語言分化混亂（天神懲罰人類的妄自尊大）之後，人
類才散布到各地去。但從語言發展史的研究來看，大部分
語言的分化是因地域阻隔之後，而各地居民不相交往才慢
慢分成不同的方言及語言的。況且人類的原始語言也許不
只一種呢！假如人類最先是在地球上一個地方出現，然後
才分散到各地去，那麼我們只有一種原始語言，而所有語
言都是由這原始語言演變來的。但假如人類最先是在地球

上好幾個地方同時出現的話，那麼也許我們可以有不只一種原始語言（參見謝國平，1986：24）。可見語言的差異（分化）現象，也是沒人能夠解得的。

縱是如此，當今世界上究竟有多少種語言，卻是值得我們注意的。依照語言學家的考察，當今世界上的語言不下數千種，這還不包括那些只剩文字記錄的古代語言（何況有許多古代語言由於沒有記錄下來，早已湮滅無痕）。語言學家把世界上的語言，根據彼此相似情形，劃分爲若干個「語族」。現在就扼要的提一提已被大家接受的各個語族及其分支情形：

先從漢民族說起，漢民族所說的話，普通稱爲「中國語」。其實說得嚴格一些，稱作「漢語」比較適當。漢語跟許多別的語言有著關係，現在學者認爲他們共屬一個大系統，就是所謂「漢藏語族」。

漢藏語族主要分布在亞洲的東南部。西起西藏高原，北至長城，東北及新疆，東南至太平洋和印度洋。這個語族可以分作以下各支派。

一、漢語系

是世界上使用人數最多的一種語言。現時已發現的最早的文字記錄，是西元前一三〇〇年左右的殷墟甲骨文。古語的研討也已追溯到西元前九〇〇年左右（周初）。現代方言分支情形如下：

1. 北方官語──大致說來，淮河漢水以北，至長城一

帶及東北和新疆一帶，是主要分布區域。北平受教育的人所用的語言，就是現在通行的國語。

2. 下江官話——江蘇北部、安徽中部、湖北東部、江西北部沿長江一帶的方言，兼具若干西南官話的色彩。

3. 西南官話——徧布於四川、雲南、貴州、湖北的大部分，湖南的西部，以及廣西的一小部分地區。

4. 吳語——江蘇南部和浙江的大部分地區。

5. 湘語——湖南的湘江、資水和沅江流域。

6. 贛語——江西省贛江流域。

7. 客家語——江西省南部、福建西南、廣東梅縣一帶、臺灣苗栗新竹。在湖南、四川各有一些。

8. 粵語——兩廣以及海外。

9. 閩北語——以福州爲中心。

10. 閩南語——以廈門、泉州、潮州、汕頭、臺灣、舟山羣島爲中心，兼及海南島及南洋。

11. 徽州方言——皖南徽屬。

二、洞臺語系

跟漢語的關係最近。分布在西南各省的山地，中南半島以及印度阿薩姆省。

1. 洞水支系——貴州東南和廣西北部的洞家語、水家話、羊黃話、錦家話屬這支系。

2. 臺語羣——又可分南北兩支：

(1)北支——包括廣西的僮（音「壯」）語、土語、貴州
的仲家語、蠻家語、本地語、雲南東南部的沙人語、
海南島的黎語。

(2)南支——包括原在印度阿薩姆省而今已亡失的
Ahom語，緬甸北部的堪地（Khamti）語，滇緬邊
境的擺夷語（或撣語）以及所謂呂語、崑語
（Kuhn）、暹邏語、老撾語、越南和桂粵交界一帶
的白臺語、黑臺語和儂語。其中擺夷（撣）、暹邏、
老撾是有文字的。

三、苗傜語系

前人對他們有錯誤的認識，近年來才知道應屬漢藏語
族，並跟臺語比較靠近。

1. 苗語——雲南高原（包括川南、湘西、桂北）並散
見於越南、泰國（暹邏）、緬甸。

2. 傜語——或稱蠻語，分布於兩粵山地，並見於雲南、
越南、暹邏等地。

四、安南語系

語言學界曾有兩派意見。一派認為安南語當屬漢藏語
族。一派以為當屬南亞語族（見下）。最近，後一派的說法
已漸漸消沉下去。

1. 安南語——越南沿海平原。分東京方言、上安南方
言、交阯支那方言。

2. muong語——緊臨越南沿海平原的山地。

五、藏緬語系

就地理分布來說，是漢藏語族最西方的一支。

1. 藏語群——包括：
   (1)藏語——最早的文字記錄在八世紀左右。現在的藏語一般分作西部方言（以巴底Balti和拉達克Ladak為中心），中部方言（以拉薩為中心）及東部方言（青海西康一帶）。
   (2)嘉戎語和羌語——四川西部。
   (3)傈語和怒語——雲南西部高黎貢山。
   (4)喜馬拉亞方言——尼泊爾一帶。
2. 北阿薩姆一帶的藏語——指印度阿薩姆北部，西起不丹、東至雅魯藏布江的一些藏語方言。
3. 波多（Bodo）語——印度阿薩姆省。
4. 納加（Naga）語——印緬交界的納加山地，以馬尼普（Manipur）為中心。有文字。
5. 庫基欽（Kuki-Chin）語——印緬交界處，自納加山地至孟加拉灣。
6. 山頭語（或稱野人語，西方學者稱為卡欽（Kachin）、景頗（Chinpaw）、新保（Singpo）等）——西自阿薩姆，經緬甸北部，東至雲南西部山地。
7. 緬語羣——包括：
   (1)緬甸語——一般分標準緬甸語和阿拉干方言。

(2)丹語(Dann)、卡都語(Kadu)、阿繫(Asi或Azi)、刺繫(Lashi)、馬魯(maru)、崩語(Hpon)、阿倡(Achang)——滇緬邊境,多緬語成分。

8. 倮倮麼些語羣:

(1)倮倮語——四川西南、雲南東北。自有標音節的文字。

(2)麼些語——金沙江一帶,文字有象形和標音節兩種。

(3)民家語——雲南大理一帶,漢語的成分已經很多。

(4)西夏語——古代在甘肅一帶,現今已是死的語言了,有文字留存,字意可解。

(5)粟粟語、倮黑語——雲南西部,或者也跟緬甸語有關。

六、葉尼塞語系

現在僅有所謂葉尼塞——奧斯特——雅基斯語(Yenissei-Ost-Yakish)有千把人在說,另有科地斯語(Kottish)等,已經消失了。或有人說,這一系的語言是獨立的,不屬於漢藏語族。

在中國境內,除了漢藏語族,就要數突厥語和蒙古語比較大了。有人把突厥語、蒙古語和通古斯語同屬一個「阿爾泰語族」。不過這三種語言確實是否同出一源,謹慎的學者還不敢做肯定的答覆。

一、突厥語

分布的地域非常擴大，西起巴爾幹半島，東至西伯利亞的科林（Kolym）河，差不多連續不斷的都有這種語言存在。據估計說這種語言的人卻只有三千多萬，以有限的人數分散在廣大的地域裏，語言的差異並不如何複雜。現在一般的說法，總是把突厥語分成四支：

1. 東部方言——包括新疆的阿爾泰山及其附近，以及烏梁海和西伯利亞一帶的許多方言。
2. 西部方言——包括吉戞斯語、哈薩克語，以及西伯利亞伊爾笛石河一帶和俄國伏爾加河一帶的許多方言。
3. 中亞方言——包括維吾爾語、塔蘭齊語、薩加爾語、中亞的薩爾特語、烏茲別克語、布卡拉語、契蛙語等。
4. 南部方言——包括土庫曼語、亞塞拜然語、土耳其語和高加索、克里米亞一帶的方言。

突厥語最早的記錄是八世紀時的一個碑文，那個碑文是用北歐式的字母寫的。不過，現在的突厥語文大都採用阿拉伯字母。

二、蒙古語

蒙古人在鼎盛時期，足跡遍歷歐亞大陸。可是現在除去一小部分在俄國境內，一小部分在阿富汗境內，蒙古語

就只在所謂「蒙古」的境域及其附近流行。分作以下幾支:

1. 內蒙方言——是蒙古語中人口最多的一支,在今日內蒙古。
2. 喀爾喀方言——大部分在外蒙古,科布多除外。內蒙昭烏達盟和烏蘭察布盟也有一些。
3. 布利亞特方言——包括西伯利亞貝加爾湖一帶的布利亞特、東北的巴爾虎。達虎爾人的語言,本來有人以爲是屬通古斯語,近來研究將它歸入蒙古語。
4. 西部方言——包括科布多和阿爾泰山一帶的額魯特人的語言和俄國境內喀爾瑪克人的語言,寧夏和青海境內也有一些。

青海的「土人蒙古」方言和阿富汗境內蒙古人的方言,或以爲是西蒙方言,但也有人以爲他們是獨立的一支。

蒙古人大概在十三世紀時才有文字,現代方言的差別也很少。

三、通古斯語

對於通古斯語知道得實在有限,有人做方言分類,事實上,可能只是民族的分類。依沙倫克 (Schrench) 氏的分類,通古斯人分作:

1. 南支——包括滿洲、赫哲、索倫、達虎爾等。
2. 北支——包括鄂倫春、瑪涅克爾、orots、Sama-gir 等。

現在能說滿洲語的人已是很少。滿洲文字曾經有許多次的變化。今日所謂滿文和蒙古文同出一源。

臺灣高山族的語言屬於另一個大系統，叫做南島語族（Austronesian Family）。這個語族大致從馬來半島向海洋伸張，東到太平洋極東的復活島（Easter island），西至馬達加斯加島，這個語族又可分四支：

一、印度尼西亞（Indonesian）支

包括的語言很多。比較大的有：

1. 馬來語──分布馬來半島、泰國境內、安達曼羣島。南洋一帶頗通用。有三百萬人。

2. 越南境內的Cham和許多有關的語言。

3. 臺灣的高山族語。

4. 爪哇語──有二千萬人。

5. 巽他語──有六百五十萬人。

6. 馬都拉（Maduran）語──有三百萬人。

7. 峇里（Balinese）語──有一百萬人。

8. 菲律賓的各種語言──如比沙加（Bisaga）語二百五十萬人，塔加洛（Tagalog）語一百五十萬人。

9. 馬達加斯加島的馬拉加西（Malagasi）語──有三百萬人。

二、美拉尼西亞（Melanesian）支

包括南太平洋中許多島上的語言，如所羅門

(Soloman) 語，飛枝 (Fijian) 語等。

三、密克羅尼西亞 (Micronesian) 支

中太平洋上如吉伯特 (Gilbert)、馬紹爾 (Marshall)、加洛林 (Carolin)、馬里安那 (Marianna) 諸羣島的語言屬這支系。

四、波里尼西亞 (Polynesian) 支

波里尼西亞支包括：

1. 紐西蘭的毛利 (Maori) 語。
2. 東太平洋各島的語言，如三毛亞 (Samoan)、大溪地 (Tahitian)、夏威夷 (Hawaiian) 和復活島是。

中國雲南西南邊境和緬甸以及泰國交界那一帶地方，有佤倈語和崩龍語。他們又屬另外一個系統，叫做佤吉蔑語系，此語系可以分為三支：

1. 佤語——是緬甸南部北古的語言，又稱北古語。北古人在歷史上曾經在中南半島興盛過，也有相當高的文化。
2. 吉蔑語——包括柬埔寨語以及附近許多小部族的語言。柬埔寨有一度也曾興盛過，文化也很可觀。
3. 崩龍佤倈語羣——包括上述的佤倈語、崩龍語以及跟他們有關係的一些小部族的語言。

接下來再看當今世界上最重要的印歐語族。這個語族

的領域，東起印度，經伊朗高原，過小亞細亞，偏布整個歐洲和南北美洲。現代語言學的發展，可以說是奠基於印歐語族的研究。這系各支語言的親疏關係，現在也知道得較爲確切。以下分別來看。

一、印度伊朗（Indo-Iranian）語系

包括伊朗（Iranian）和印度（Indic）兩大支系。各種語言的現代形式分別很大，但在古代極相近。

1.屬於伊朗支系的現代語是：

(1)波斯語——有七、八百萬人。現存有紀元前六世紀至四世紀時古波斯文的碑。

(2)裏海方言和Rurdish。

(3)帕米爾方言——包括塔吉克語。塔吉克語是中國新疆西南角塔吉克人所用的語言，是中國境內唯一的印歐語言。

(4)阿富汗語——有四百萬人。

(5)卑路支語（Baluchi），在巴基斯坦。

(6)歐塞爾（Ossele）語——在高加索，有二十二萬五千人。

2.屬印度語支系的便是印度的許多語言。比較大的有：馬拉地語（Marathi）一千九百萬人、古哲拉地語（Gujerati）一千萬人、旁遮普語（Panjiabi）一千六百萬人、拉伽斯塔尼語（Rajasthani）一千三百萬人、西印度語（Western Hindi）三千八百萬

人、東印度語（Eastern Hindi）二千五百萬人、阿利亞語（Oriya）一千萬人、比哈利語（Bihari）三千六百萬人、班加里語（Bengali）五千萬人，總共二億三千萬人之多。其他小的語言，不在這裏詳列。吉普賽（Gipsy）語也屬這支系。從幾種古代印度的文字吠陀文（Veda）、梵文（Sanskrit）、和巴利文（Pali），更知道好幾代的古代印度語的情形，最早的約在西元前一二〇〇年。

二、亞美尼亞語

這是印歐語在小亞細亞的一支。現在有三、四百萬人。現存有五世紀的文獻。

三、希臘語

七、八百萬人口，分成許多方言，不過有通行很廣的標準語。現存文獻早到西元前七、八世紀。

四、阿爾巴尼亞語

現僅有一百多萬人。

五、羅馬語系

在這個系統下的現代語是：

1.西班牙語、葡萄牙語。

2.法語。

3.義大利語。

4.羅馬尼亞語。

　　這些語言都是從古代的拉丁語分化出來的。拉丁語是古代羅馬城的語言。現在有西元前三百年的文獻。中世紀和近代初期，拉丁語雖然沒有人能說了，可是拉丁文則為西方各國共同的學術文字。拉丁語和古代的義大利境內的幾種語言，如奧斯坎語（Oscan）、溫布朗語（Umbrian）有很近的關係，構成所謂義大利語系（Italic）。

六、斯拉夫語

　　主要分布地是在東歐，可以分為三支：

1.東斯拉夫語──就是廣義的俄語，包括所謂大俄羅斯語、小俄羅斯語、白俄羅斯語以及其他複雜分歧的方言。人數在一億二千萬以上。到十二世紀才有文字。

2.南斯拉夫語──包括保加利亞語五百萬人、塞伯克婁欣語（Serbo-Croatian）約一千萬人、斯洛文（Slovene）一百五十萬人。在九世紀至十世紀時，才有文字。

3.西斯拉夫語──包括：

(1)波蘭語──約二千萬人，十四世紀才有文字。

(2)波希米亞語──因標準不同，分為捷克（Czech）和斯洛伐克（Slavak）。共有一千三百萬人。現有十三世紀的文字記錄。

七、波蘭的語系

以分布地沿波羅的海而聞名。立陶宛（二百五十萬人）和拉脫維亞語（一百五十萬人）至今尚存。有人以爲這一系的語言和斯拉夫系最近，可以結合成一個較大的語系，稱作波羅的—斯拉夫語系（Balto-Slavic）。

八、日耳曼語系

日耳語系可作如下的區別：

1. 英語和Frisian——世界上現有三億多人說英語。英語是五世紀中期由歐洲大陸分至英倫三島，後來又逐漸擴展到世界各地。現存的最早文獻是西元八、九世紀的文獻。跟英語最近的是北海沿岸諸小島的福利士語（Frisian），現有三十多萬人說。最早紀錄在十三世紀後期。這兩種語言可說是從古代的盎格魯福利士語（Anglo-Frisian或稱Ingweonic）分出來的。

2. 歐陸西日耳曼語——就是廣義的德語。自歐陸西海岸至大陸中部，沒有甚麼顯著的分別。荷蘭語也屬這語系。

3. 北日耳曼語（或稱斯堪地那維亞語）——包括冰島語（十萬人）、丹麥語、挪威語、瑞典語、哥特蘭語和芬蘭沿海的一些語言。彼此大致相同。

4. 東日耳曼語——包括哥德語（Goth）、汪達爾（Vandal）、布根第（Burgundian）等語。不過現在都已

經消滅了。從遺留的文獻可知和北日耳曼語相近。

九、塞爾特語系 (Celtic)

分作愛爾蘭語、威爾斯語、法國境內的布列敦 (Breton) 語。從歷史上可知塞爾特語系一度通行於歐陸。有些學者還以為它跟義大利語可合成一個義大利─塞爾特語系 (Italic-Celtic)。

在印歐語的現代領域內，又有許多語言是屬於另外的系統，不過這些語言現代差不多都已消滅，只能從斷簡殘篇中窺見一鱗半爪。法國和西班牙邊境庇里牛斯山區西部巴斯克語 (Basque)，還有五十萬人在使用。巴斯克是曾一度在西班牙和法國南部通行的伊布蘭語 (Ibrian) 的遺留。

歐亞大陸上還有個芬匈語族。可分為六大支：

一、芬蘭─拉伯語 (Finnish-Lapponic)

1. 拉伯語 (Lappish)──有三萬人。在挪威、瑞典的北部。

2. 芬蘭語羣
   (1)芬蘭語──今有三千萬人。文字始於十三世紀。
   (2)愛沙尼亞語──有一百萬人。
   (3)波羅的海沿岸有些相似的語言，人數都很少。有消滅的趨勢。

二、莫得林語 (Modrine)

莫得林語有一百萬人。在歐亞俄境內。

三、查蘭語（Cheremiss）

查蘭語有三十多萬人。俄境內分布。

四、伯米語（Permian）

包括吉瑞安語（Zyrian）二十多萬人和瓦塔克語（Vetyak）四十多萬人。

五、歐伯烏蘭語（Ob-Ugrian）

包括奧斯塔克人（Ostyak）不足兩萬人和浮古人（Vogule）五千人。

六、匈牙利語

匈牙利語今有一千萬人。

亞洲極東北的地方有極北語族。包括查克奇語（Chakchee）、卡力亞克語（Karyak）和甘查德語（Kamchadal）。前兩者都有一萬人左右，後者只有一千人。

庫頁島北部和黑龍江口的吉力亞克語（Gilyak），日本北部蝦夷語（約兩萬人）、日本語、高麗語，系統關係還不清楚，是孤立的語系。

閃含語族也跟印歐語族有些相似的地方。不過現在還不能做任何進一步的推測。這個語族分為四個支派。

一、閃語系

1.東支為巴比倫語。在西元前二千五百年已有文獻留存於世。西元紀元前後消滅。

2.西支又分爲南北兩小支：

(1)北小支包括：

　　a.卡納尼特語（Cananite）——1400 B.C.左右存
　　　在。

　　b.毛畢特語（Moabite）——900 B.C.左右存在。

　　c.腓尼基語——在本土沒於紀元前。在迦太基維
　　　持得久些。

　　d.希伯來語——西元紀元前兩世紀就已經沒人說
　　　了。但希伯來文卻因《聖經》的關係，到中世
　　　紀還有人用。

　　e.阿拉麥語（Aramaic）——紀元前後在近東一帶
　　　很通行。以後漸爲阿拉伯語所取代。現在只有
　　　二十萬人左右，分散各處。

(2)南小支包括：

　　a.南阿拉伯語——歷史很久，可以追溯到800 B.
　　　C.。現今仍在阿拉伯南端和賽卡特拉（So-
　　　katra）島通行。

　　b.阿拉伯語——現有328 A.D.時的碑刻。三千七
　　　百萬人。

　　c.衣索比亞語——在非洲東岸阿北西尼亞、衣索
　　　比亞及阿近底格利（Tigre）、底格利安（Tir-
　　　grian）、安哈利克（Amharic）等現代語屬這
　　　支系。

二、埃及語

從象形文字可以推溯到4000 B.C.時，但是它在十七世紀時消滅了。今天的埃及，是阿拉伯世界的一員。

三、柏柏（Berber）語

古語從利比亞文碑刻可知。現代北非的都亞瑞格語（Tuareg）、卡必爾語（Kabyle）共六百萬人是其遺留。

四、庫奇特語（Cuchite）

包括埃及南方的索馬利（Somali）和加拉（Galla）。加拉語有八百萬人。埃及語、柏柏語和庫奇特語（Cushite）又合稱含語系。

閃含語族分布地向南，跟它為鄰的是東起阿比西尼亞和庫席特（Cushite），西到幾內亞灣的許多語言。那許多語言究竟如何，現在還不太清楚。有些人揣測它們是互相有關係的。其中比較知名的是塞內加爾的瓦爾夫語（Walof）和富爾語（Ful）；幾內亞灣沿岸的格瑞布語（Greboo）、艾維語（Ewe）和瑤路巴語（Yoruba）；非洲中部的豪沙語（Haussa）；非洲東部的奴布語（Nubo）；以及靠南一點的丁卡語（Dinka）和馬賽語（Masai）。

在上述那些語言之南，有個較大的班圖（Pantu）語族。在白種人來到非洲之前：它佔有非洲大部分的地方。現在一共有五千萬人的樣子。比較知名的有盧安達語（Luganda）、斯瓦赫利語（Swaheli）、卡佛語（Kaffir）、

祖魯語（Zulu）、鐵貝語（Tebele）、蘇比亞語（Subiya）、赫瑞罷語（Herero）等語言。

非洲西南角還有兩個彼此獨立的語族。一是布須曼語（Bushman），大約有五萬人，一是霍敦圖語（Hottentot），大約有二十五萬人。

澳洲的許多土語以及新幾內亞的巴布亞（Papuam）語族。現在已經沒有什麼人研究。

據一般人估計，白種人沒有來到新大陸之前，墨西哥以北的美洲土人（印地安人）約有一百五十萬人的樣子。後來因為英語逐漸擴展，土人能操本來語言的人數，現在只剩下五十萬左右了。這些語言還沒有完全經過充分的研究。彼此間的關係如何，還不能十分確定。不過約略估計，總有二十五到五十個獨立的語族。有些語族人數還不算少，有些就只剩幾百人，更有一些已經消滅或將消滅了。較大的幾個語族如下：

一、埃斯基摩（Eskimo）語族

東從格陸蘭經巴芬蘭和阿拉斯加，直到阿留申羣島都有分布。各地方的土話，顯示是從一個系統下來的。

二、亞耳岡坤（Algonquian）語族

佔大陸東北部。包括加拿大中部和東部。新英格蘭、大湖區一帶的許多語言。

三、亞莎巴士坎（Athabascam）語族

分三處：一處在加拿大西北部(除去沿海地區)；一處在加里佛尼亞；另一處在美國南部。

四、伊洛夸（Iroquoian）語族

為亞爾岡坤語族包圍。

五、穆斯高金語（Muskogeam），西凡安語（Sivuan）等

分布在美國西南部和南部。

美洲其他各地的土人，據近來的估計，墨西哥和中美洲有六百萬，南美有八百五十萬人。他們究竟有多少種語言，現在還不知道，有人說墨西哥和中美可有二十種，南美可有八十種，墨西哥的納華特蘭語（Nahuatlan）和馬雅語（Mayan），在歷史上曾經繁盛過，並曾有過文字。南美洲的許多語言中，以西北部的阿拉瓦克語（Arawak）和卡利伯語（Carib），巴西沿海的都比夸拉尼語（Tupi-Guarani）和智利阿蘭坎尼語（Arancanian）較為著名（參見董同龢，1987：15～30；宋光宇編譯，1990：156～170）。

不同的語族，可能隱含著不同的文化內涵（可作不同的文化解釋），值得細細尋繹。只是沒有人能懂得這麼多語言，自然也無法掌握（解釋出）它們的文化內涵。本論述在這個環節上，要更覺得歉意，畢竟除了熟悉自己常用的語言，對其他語言實在礙難理解，所作的採樣對比，可能都是「皮毛」。不過大家能留意到這一點，在往後的論述中，多少會增加一分警惕，這也就足夠了。

第二節　語言的表層結構

　　不論從理論層面來看，還是從經驗層面來看，語言都有一些成分，可供分析和感受。而這些成分又有特定的組織規律，形成一種奇異的結構（有別於其他事物的結構方式）。這種結構，還可權為區分表層結構和深層結構。前者只要直接經驗就可以得知，後者還需要經過一番尋繹才能理出。這一節就先看表層結構部分。

　　語言的表層結構，有語音、語詞和語法。如果從形態學的立場（而不從其他途徑劃分語言）來說，語言不外有孤立語、屈折語、粘著語等等類型。所謂孤立語，是指其中詞本身不能顯示跟其他詞的語法關係，它們的形式也不受其他詞的約束，因而具有孤立的性質。這種語言的主要特點是：在一個詞裏面只有詞根，沒有形態，詞的本身沒有變化，所以各種詞類在形態上缺乏明顯的標誌，句子裏詞和詞之間的關係，透過詞序、輔助詞等語法手段來表示。這最顯著的例子，就是漢語。所謂屈折語，是指其中詞除了表示詞彙意義的詞根，還有表示語法意義的附加成分，詞根和附加成分結合得非常緊密。這種語言的主要特點是：依靠內部屈折和外部屈折來形成詞的語法形式。所謂內部屈折，是指替換詞根中的某些音位，如英語的foot（腳）是單數名詞，複數是feet，它的單、複數就有元音的交替u——i。所謂外部屈折，一般是指詞尾的變化，如英語詞尾

的-ly、-ed、-s等等。所謂粘著語，是指其中詞也具有表示詞彙意義的詞根和表示語法意義的附加成分，但它們彼此的結合並不緊密，附加成分好像是粘附在詞根上似的，所以叫做粘著語。這種語言的主要特點是：將具有一定語法意義的附加成分接在詞根或詞幹上來形容語法形式和派生詞。如土耳其語動詞詞根sev-表示愛，附加成分-dir表示第三人稱，-ler表示複數，miš表示過去時，-erek表示將來時，那麼sev-miš-dir-ler就是「他們從前愛」的意思，sev-erek-dir-ler就是「他們將要愛」的意思（參見北京大學語言學教研室編，1962：12、81～82、76～77）。由於有語言類型的不同，連帶也使得各類型語言中的語音、語詞和語法等成分互有差異。

如語音部分，所體現異質的主要事實是：

㈠音位（元音和輔音）的發音特質：如英語的r，跟俄語的p不同；漢語中實際上不存在r，r音譯為爾，但爾的音標是er。漢語中也不存在邊音l及齒舌音θ等等；英語中則沒有漢語的知（zhi）、痴（chi）、日（ri）、尸（shi）。

㈡內部屈折：如漢語完全不具備，英語則不完全具備。

㈢聲調：如漢語有平、上、去、入四聲以及平仄（仄包括上、去、入）交替組合的規律，英語沒有。

㈣重音：如英語有詞的重音和句的重音，漢語只有句的重音。

㈤音調法則：如英語有升調、降調、升降調規則，漢

語中沒有升降調，升降的規則也不同於英語。

又如語詞部分，所體現異質的主要事實是：

㈠字母－音素組合：如英語的字母－音素組合，使英語的詞具有形態發生能力：詞的基本構架未變，但詞的數、性、格以及詞性已經改變，如foot→feet，he→his→him，redundancy→redundant等等。詞的形態發生力使英語的詞廣泛帶有形態功能標誌和詞性標誌，從而使英語語法結構顯性化，使英語具有比較易於把握的形態程式。漢語的詞不具備形態發生條件，它的結構體呈獨立狀，詞和詞之間不存在結構聯接。這樣就使漢語基本上不能依仗詞的本身顯示詞性；詞性的顯示只能靠附加助詞或在更大的程度上憑藉詞在句中的意義來判斷。這就使漢語的語法隱性化，一切盡在不言之中，使漢語語法結構和功能整個處於隱含狀態（如「君君、臣臣、父父、子子」之類）。

㈡構詞：如漢語構詞十分方便，可以實現詞素和詞素的直接組合，詞形沒有任何變化。如「父子關係」是「父」、「子」、「關係」的直接組合，在語義學上稱為「對接」。簡單對接不僅是漢語構詞的重要手段，而且成了漢語句擴展和語段擴展的基本機制，並且為很多修辭格提供了條件，充分體現了漢語的異質性文化特徵。如《老子》名言「知常容，容乃公；公乃王，王乃天，天乃道；道乃久，設身不殆」（第十六章），就是利用漢語詞和詞可以直接對接這個非常靈活的組合機制，形成漢語所特有的「回文」。英語構詞法就比漢語複雜，它的基本手段除了詞類轉換詞形沒

有變化，其他手段詞形都有變化，而且主要依靠加綴法。在理論上，漢語依仗直接對接可以組成五十萬個詞素（但約定俗成的大約只有七千個），而英語只能組成二百餘個音節。漢語造詞機能強，這是漢語傾向於寓新義於新詞，排斥一詞多用的根源之一，跟《荀子》〈正名〉的「正名」（正事物之名）主張相依相隨。

又如語法部分，所體現異質的主要事實是：

㈠形態變化：如英語詞具有形態發生條件（見上），尤其是動詞的形態變化特別紛繁。這樣就使英語法形成了以動詞形態變化為主軸的、比較易於把握的形態程式，集中於SV核心構架機制的不可或缺性。漢語詞不具備發生形態變化的條件，這是造成漢語法隱含化的根源（見上）。

㈡語法結構：如漢語在表達思想時，採取的是思維向語言直接外化的方式，而不是像屈折語那樣採取間接的方式。後者中間必須有一個形態程式的裝置，接受思維的投射，才能轉化為言語形式，如圖：

直接投射模式：
思　維　⟶　言語形式
間接投射模式：

思　維　⟶ { 形態程式：
●詞的形態變化
●句結構SV提契
⋮ } ⟶ 言語形式

漢英不同的思維—語言圖式產生了兩種不同的體現爲語言的思維組織形式（或稱語義結構手段）。漢語的語義結構，通常採取一種直接反映思維程式的對接式直接組合，如「一張桌子四條腿」、「柴米油鹽」、「愛去不去」等等，真可說是拋棄了一切無用的附屬裝置，相當簡約。英語無論如何要求將概念組織到相應的語法結構中，經過間接投射以生成言語。沒有語法結構的語義結構在英語中是不存在的。而漢語則是寓語法結構於語義結構之中，漢語的語法是虛的，極少形式的。這個基本的異質性特徵，廣泛地表現爲漢語「句核心結構」的SV特異行爲模式。這首先是漢語的主語問題。漢語的主語不像英語主語那樣對全句具有全面密切的關係：(1)它並不決定動詞的形態，它也不是不可或缺的；(2)漢語主語的異質性特徵更廣泛地表現爲它和動詞謂語的鬆散關係（如「是我不好」、「熱得我滿頭大汗」，就沒有主語，且謂語一爲動謂，一爲形容詞性謂）。其次是語段問題。語段是句的邏輯擴展形式，英漢語段之間也存在明顯的異質性特徵：(1)漢語有形合，也有意合，但重意合，這是漢語基礎層級的異質特徵的發展。漢語基礎層級語言結構不能形成以形態（特別是動詞形態）爲主軸的發展程式，句子的擴展主要憑藉主體意念，跟英語講求接應手段以形合機制爲語段發展的槓桿迥然不同。漢語段以意念爲主軸，以意役文，以神役形（如蘇軾〈前赤壁賦〉：「西望夏口，東望武昌，山川相繆，鬱乎蒼蒼」）。(2)在總體安排上，漢語形散，英語形聚。漢語的敍述呈流散

鋪排式，取單層面遞進；英語的敘述呈主從扣接式，取多層面遞進（參見李瑞華主編，1996：24～31）。

雖然如此，這還沒有涉及實際發音、造詞、組句時具體指向或所涵意義的差異。以最容易比較的造詞一項來說，如漢語中形容烹調方法的詞，就有五十二個之多：炒、燴、燻、炸、爛、烟、燉、煲、爆、煽、燔、烘、煨、烤、炆、煎、焗、灼、燒、焙、煮、滾、滷、蒸、熬、涮、淋、溜、浲、油、泡、汆、氽、冲、川、拉、削、搶、凍、硝、糟、切、撈、剁、飪、拌、醃、醬、醋、醉、酵、風（乾）。英語中大約只有十餘個，如bake（烤）、broil（用猛火烤）、barbecue（燒）、steam（蒸）、stew（通常是肉和蔬菜切成小塊、小火煮）、boil（以白水煮熟，湯汁通常棄置不要）、simmer（小火、水少、短時間的煮）、deep fry（炸）、pan fry（介於炸和煎之間）、stir fry（近於炒）等（參見汪琪，1984：161）。又如愛斯基摩人有幾百個關於雪的詞，阿拉伯人有幾百個關於駱駝的詞，車克契（在西伯利亞）人有二十六個描寫鹿的顏色的詞和十六個描寫鹿的年齡和性別的詞，古漢語有甚多形容牛、馬、豕的詞（參見徐道鄰，1980：34；謝康基，1991：110～111）。又如漢語有伯、叔、舅父、姑父、姨父的分別，德語只有onkel（只是德語的名詞全有陽性、陰性、中性、多數、少數之分，而漢語一樣也沒有），英語也只有uncle。還有英語aunt不但包括姑姑和阿姨，也包括嬸嬸、叔母、伯母、舅母，而祖父、母輩，更是一律以grandfather、grandmother稱呼（不論

他是父親的父母、母親的父母、還是父親的伯、叔……；
而這在漢語都分得很仔細（參見徐道鄰，1980：34；汪琪，
1984：160）。又如宣傳這個詞，在漢語中沒有貶義，西班
牙語裏也沒有貶義，而英語對應詞propaganda就含有貶
義；黃色這個詞，漢語對它是有褒有貶，以前被稱爲帝王
顏色，現在不少用黃組合起來的詞語仍含有褒義（如黃金
時代、黃道吉日、黃花晚節、黃花閨女等等），但現在更流
行的是它的貶義（如黃色書刊、掃黃等等），而它在美國一
般對它是不褒不貶；十三這個數，漢人不覺得有什麼不吉
利，而英美國家的人則恰恰相反；狗這個詞，漢人對牠往
往沒有好感，很多貶義組合詞是由狗這個詞組成的（如狗
娘養的、走狗、狼心狗肺等等），相反的，美國人對狗的好
感，有時竟出乎人的意料之外，管自己孩子叫狗（He's my
dog.）或把狗稱自己的孩子（He/She is my baby.）（漢
人也有「犬子」之說，但那是自貶之詞）；此外，像漢語中
常見的寒舍、菲酌、薄酒、敝人、賤內、不才、老朽、拙
作等自貶語和令尊、令郎、貴部、貴校、高足、高見、惠
顧、惠存等等敬稱語，在其他語言系統中幾乎都沒有（參
見邵敬敏主編，1995：255～257；李瑞華主編，1996：
543）。這都可以作不同的文化義涵的解釋，而顯現各語系
人的不同的價值觀。

第三節　語言的深層結構

　　語言除了有語音、語詞、語法所構成的表層結構，它還有一些深層的性質（或說表層結構的別一解釋）可說。這些性質必須經由「透視」後加以掌握或規範，很明顯有別於可直接經驗的表層結構，而不妨稱它為深層結構。只是這裏所說的深層結構是取相對義，略異於結構主義或記號學所指作品表義背後所依賴的原理原則那種特定的深層結構（後者，參見高辛勇，1987；古添洪，1984），也有別於轉換生成語法學（變換律語法學）所說能間接聯繫表層結構的深層結構（後者，參見喬姆斯基（N. Chomsky），1966；謝國平，1986：166～179）。轉換生成語法學所說的深層結構，本來跟本論述所說的深層結構有點類似，但它往往過於抽象，而且帶有假設性，所以就不採取這一用法。如下列一個例子：

$$\text{「漂亮的女孩」} \leftarrow X \nearrow \begin{array}{l} \text{beautiful girl} \\ \text{girl who is beautiful} \end{array}$$

圖中「漂亮的女孩」代表「意義」，X代表深層結構，beautiful girl 及 girl who is beautiful 則是兩個不同的表層結構。由於兩者意義相同，所以說它們是來自同一個深層結構，只是經過不同的途徑而衍生出來的。因此，這兩個表層結構並沒有直接跟意義「漂亮的女孩」發生關係，而是

透過深層結構X跟它聯繫的（參見屈承熹，1986：64）。問題是：事實上誰也沒有見過一個深層結構現出「真身」；在轉換生成語法學的文獻中，不同的學者對同一個英語句，可能提出不同的深層結構，以便說明自己的理論主張。這一事實表明，深層結構一說，具有明顯的假設性（參見胡壯麟主編，1990：18〜19）。

這在稍早，學者是從語用的立場來看待它。他們認為語言在實際使用時，包括好幾種行為，其中最基本的行為是發出聲音／說出句子的行為。句子本身表達了語意，是一種「表意行為」。然而，言說時總有言說的環境，稱為語境；而語境在使用語言時，常會影響句子的語意，同時在言說時，除了表達語意，還能利用語句來達成某些功能，這種情況稱為「語言行為」。如摩立斯(C. Morris)以語言的四種表達方式(指示、評判、規約、組合)和四種使用方法(報導、評價、促使、組織)，為言說劃出十六種類型(參見徐道鄰，1980：155〜218引述)；奧斯汀(J. L. Austin)根據語言所能作的行為，為言說區別出「表意行為」、「非表意行為」、「遂行行為」和「命題行為」等四種類型(參見謝國平，1986：213〜233引述)等等都是。這種看法雖然有難以自圓其說的地方(如德希達(J. Derrida)就曾批判過奧斯汀的語言行為說所預設的「原意」根本不可能，參見廖炳惠，1985：41〜43引述)，但它的「開創性」是不容否認的。往後大家所以會留意語言的性質，泰半都得自這些學者的啟發。不過，這些前驅學者的講法還是瑣碎了一點。稍後

有一種比較簡易且不失為可參酌的三分法，它是由阿圖塞
（L. Althusser）、傅柯（M. Foucault）等人所個別開啟
而經後人整理成的，包括「事實式的」言說（論述）、「意
識形態的」言說和「神話式的」言說。所謂「事實式的」
言說，是以實證的方法，將感官所吸收到的資料，加以歸
納、演繹而成；所謂「意識形態的」言說，是將現象加以
研究、分析、歸納，然後成立「規矩」，以便作為行為的型
範；所謂「神話式的」言說，是併集個人、團體意識及潛
意識的希望而組構成（參見廖炳惠，1990：92～97）。在三
種言說中，原只有「意識形態的」言說會被當作支配言說
來行使，但事實上其他兩種言說也經常以支配的姿態出
現。因為「事實式的」言說表面上是純粹的指陳、述說現
象，實際上卻暗含言說者想藉言說導至行動、踐履的動機
和立場；而「神話式的」言說也有言說者要藉它滿足想像、
影響行為及作為公共理想的企圖。不論如何，它們顯現了
言說在「敘述」、「規範」和「評價」等性質功能上分立的
情況，而它們背後所隱含的權力意志，又使得它們成了為
達支配他人的目的而設的三種手段。

倘若只從語言本身來看，以上三種性質的揭發已經略
無遺蘊了，但實際上所有語言不可能只是為自我存在而
已，它還會牽涉語言使用者和語言接受者之間的關係，而
使得語言又展現一種整體性或綜合性的特色，就是「對
話」。換句話說，語言的發處和它所要到達的終點，形成了
一個交談或對諍的態勢。這也就是語言的深層結構。語言

的深層結構，是透過敍述、規範和評價（或敍述，或規範，或評價）等方式跟表層結構相聯繫，以達到跟人溝通、交流，甚至喚起行動等目的。因此，「對話」也就是我們透視或掌握語言本身的最後一環。

一般所說的對話，是指兩造或多造的交談。這種交談的進一層意義，可以是下面這段話所提示的：「將談話者的整個身心融進去，在談話後使人如同得到一次脫胎換骨的變化的交談。這種交談使人與人之間很快達到協調，相互擴大眼界，精神生活進入一個新的和更高的層次。這種交談正是我們所說的對話。對話是一種平等、開放、自由、民主、協調、富有情趣和美感、時時激發出新意和遐想的交談」（滕守堯，1995：22）。不論這會不會陳義過高（一般的對話都到達不了這種境界），都暗示了還有不同對話方式的可能。如巴赫汀（M. Bakhtin）所說的多元並存的「衆聲喧嘩式」對話（參見劉康，1995：14～16）；托多洛夫（T. Todorov）所說的批判導向的「探索眞理式」對話（參見托多洛夫，1990：184～185）；曼紐什（H. Mainusch）所說的去除執縛的「懷疑論式」對話（參見曼紐什，1992：36～38）等等。這都是有目的對話（多元並存或懷疑唯一眞理本身，也是一種目的），它導源於古希臘時代的蘇格拉底（Socrates）和柏拉圖（Plato）等人所開啓的爲某些眞理或課題反覆論辯的「辯證式」對話傳統（詳見柏拉圖，1989、1986）。一般對話的隨意性和無（固定）目的性，似乎不被列入這些範圍。而在漢語世界裏，也很少見

到類似的對話。有的只是像「東郭子問於莊子曰：『所謂道烏乎在？』莊子曰：『無所不在。』東郭子曰：『期而後可。』莊子曰：『在螻蟻。』曰：『何其下邪？』曰：『在稊稗。』曰：『何其愈下邪？』曰：『在瓦甓。』曰：『何其愈甚邪？』曰：『在屎溺。』東郭子不應」（《莊子》〈知北遊〉）、「淳于髡曰：『男女授受不親，禮與？』孟子曰：『禮也。』曰：『嫂溺，則援之以手乎？』曰：『嫂溺不援，是豺狼也。男女授受不親，禮也。嫂溺援之以手者，權也。』曰：『今天下溺矣，夫子之不援，何也？』曰：『天下溺，援之以道。嫂溺，援之以手。子欲手援天下乎』」（《孟子》〈離婁〉）、「（公孫）龍與孔穿，會趙平原君家。穿曰：『素聞先生高誼，願為弟子久，但不取先生以白馬為非馬耳；請去此術，則穿請為弟子。』龍曰：『先生之言，悖！龍之所以為名者，乃以白馬之論爾，今使龍去之，則無以教焉。且欲師之者，以智與學不如也，今使龍去之，此先教而後師之也；先教而後師之者，悖』」（《公孫龍子》〈跡府〉）、「甘吉父問『仁者愛之理，心之德』。時舉因問：『釋氏說慈，即是愛也。然施之不自親始，故愛無差等。』先生曰：『釋氏說無緣慈。』記得甚處說『融性起無緣之大慈』。蓋佛氏之所謂慈，並無緣由，只是無所不愛。若如愛親之愛，渠便以為有緣；故父母棄而不養，而遇虎之飢餓，則捨身以食之，此何義理耶」（《朱子語類》卷一百二十六〈釋氏〉）、「蕭惠問死、生之道。先生曰：『知晝、夜即知死、生。』問晝、夜之道。曰：『知晝則知夜。』

曰：『畫亦有所不知乎？』先生曰：『汝能知畫？懵懵而興，蠢蠢而食，行不著，習不察，終日昏昏，只是夢畫。惟息有養，瞬有存，此心惺惺明明，天理無一息間斷，才是能知畫。這便是天德，便是通乎畫、夜之道而知，更有甚麼死、生』」（王陽明《傳習錄》上）這類一面倒或沒有什麼論辯氣氛的對話（也就是說，「道」無所不在的理論基礎如何可能？以「道」援救天下是否有效？師徒關係爲何不能建立在相互論難上？佛家的無緣慈豈是眞的會落到棄養父母和捨身不顧？只有息養瞬存就算了盡死生之道了？類似這些問題，都可以再論辯下去，而這裏卻全付闕如）。中西語言系統中，這種深層結構的差異，的確很明顯。這更可以解釋出不同的文化內涵。

第四節　語言的創造

對於語言本身的表層結構和深層結構作了一番分辨之後，終究要再面對語言在什麼情況被人類創造一個問題。雖然人類的語言能力從何而來到今天仍不明白，但人能源源不斷地創造語言卻是分明可見的事實。這就教人不免要進一步探究語言爲何被創造及如何創造等更具體的問題。

這裏所說的創造，並不是指「獨一無二」或「前所未見」的那種創造（後者，參見郭有遹，1985：7；福勒（R. Fowler），1987：190），而是指具有差異性（能顯局部差異）的那種創造。前者不論實際上是否存在，從理論上說

它就安置不了同一語言系統的相互藉使和不同語言系統的相互吸收等現象（這些現象，可參見濮之珍，1994；何偉傑，1989）。換句話說，只要有相互藉使或相互吸收的情況存在，就沒有所謂的「獨一無二」或「前所未見」的創造事實，而誰能指出那一語言創造完全沒有藉使同類語言或吸收他者語言？

　　從心理學的角度來看，人類所以創造語言（包括創設語言來指涉事物和重組語言來新展事物），很可能是受實存的感召和價值意識的驅使。所謂實存，是指實存者所進行的創造性活動。而這實存者，可以是自然物，也可以是人，還可以是神（參見沈清松，1987：32～39）。過去有人因外物的刺激而舞詠陳詩，如鍾嶸《詩品》〈序〉說「氣之動物，物之感人，故搖蕩性情，形諸舞詠……若乃春風春鳥，秋月秋蟬，夏雲暑雨，冬月祁寒，斯四候之感諸詩者也」；有人因身世的坎壈而憂懷賦辭，如司馬遷《史記》〈屈原賈生列傳〉說「屈平疾王聽之不聰也，讒諂之蔽明也，邪曲之害公也，方正之不容也，故憂愁幽思而作〈離騷〉」；有人因心有不平而疾詞鳴冤，如韓愈〈送孟東野序〉說「大凡物不得其平則鳴。草木之無聲，風撓之鳴；水之無聲，風蕩之鳴，其躍也或激之，其趨也或梗之，其沸也或炙之；金石之無聲，或擊之鳴。人之於言也亦然，有不得已而後言，其歌也有思，其哭也有懷」；有人因治亂不定而情切擒文，如柳冕〈與滑州盧大夫論文書〉說「夫文生於情，情生於哀樂，哀樂生於治亂。故君子感哀樂而為文章，以知

治亂之本」等等，已經爲實存的感召一項作了相當肯定的見證，今後我們諒必也會重歷類似的經驗。至於價值意識的驅使方面，所謂價值意識，是指對一切行爲主體的需求，經由跟客體能力的互動，所獲得滿足的效果判斷，以及任何得以引起主體意圖去追求並能滿足其欲求的客體的反應活動（價值的定義，參見陳秉璋，1990：222；意識的定義，參見懷特（L.A. White），1990：50～51。按：懷特是這樣說的：「意識是意識活動，是作爲整體、作爲統一體的有機體的反應活動」）。人類所以要創造語言，除了受到實存的感召，恐怕還得先認定語言的價值高於一切，否則他就不必選擇語言創造一途（可選擇其他途徑「宣洩」）。曹丕《典論》〈論文〉有段話說：「蓋文章（書面語）經國之大業，不朽之盛事。年壽有時而盡，榮樂止乎其身，二者必至之常期，未若文章之無窮。是以古之作者，寄身於翰墨，見意於篇籍，不假良史之辭，不託飛馳之勢，而聲名自傳於後。」以這作爲上論的注脚，再貼切也不過了（相反的，不以語言的價值高於一切的人，他就不會去從事語言創造。《河南程氏遺書》載程頤的話說：「《書》曰：『玩物喪志。』爲文亦玩物也……某素不作詩。亦非是禁止不作，但不欲爲此閑言語。」這可以爲證）。因此，行爲心理學所提出的一個命題「如果做某件事的反應得到鼓勵，則做這件事的次數會增加」（參見張春興，1989：453～454；張華葆，1989：45～64），以它來解釋語言創造的現象，應該有相當的說服力（按：所謂得到鼓勵，在語言創造來說，不

外是會因此而謀得利益或樹立權威或行使教化。參見周慶華，1996b）。雖然如此，就個人所知，還沒有相異的例子可以比較（也就是有語言創造不受實存的感召和價值意識的驅使），致使這裏納入這個論點顯得有些徒然。但底下所要談的，就不同了。

人類創造語言，直接的目的應該就是前節所說的跟他人對話（間接的目的可能有為謀得利益、樹立權威和行使教化等等），而對話又可以分顯性的對話和隱性的對話。前者是直接跟他人交談，如「齊晏嬰短小，使楚。楚為小門於大門側，乃延晏子。嬰不入，曰：『使狗國，狗門入，今臣使楚，不當從狗門入。』王曰：『齊無人耶？』對曰：『齊使賢者使賢王，不肖者使不肖王。嬰不肖，故使王耳。』王謂左右曰：『晏嬰詞辯，吾欲傷之。』坐定，縛一人來。王問何謂者。左右曰：『齊人坐盜。』王視晏曰：『齊人善盜乎？』對曰：『嬰聞橘生於江南，至江北為枳，枝業相似，其實味且不同，水土異也。今此人生於齊，不解為盜，入楚則為盜，其實不同，水土使之然也。』王笑曰：『寡人反取病焉。』」（侯白《啟顏錄》〈晏嬰〉）；後者是獨語，但它也預設了交談的對象，如「不滿意的生活大都是由於自取的。我是一個生命的信仰者，我信生活絕不是我們大多數人僅僅從自身經驗推得的那樣暗慘。我們的病根是在『忘本』。人是自然的產兒，就比枝頭的花與鳥是自然的產兒；但我們不幸是文明人，入世深似一天，離自然遠似一天，離開了泥土的花草，離開了水的魚，能快活嗎？

能生存嗎？從大自然，我們取得我們的生命；從大自然，我們應分取得我們繼續的滋養……爲醫治我們當前生活的枯窘，只要『不完全遺忘自然』一張輕淡的藥方，我們的病象就有緩和的希望。在青草裏打幾個滾，到海水裏洗幾次浴，到高處去看幾次朝霞與晚照──你肩背上的負擔就會輕鬆了去的」（徐志摩〈我所知道的康橋〉）。不論是顯性的對話，還是隱性的對話，都得遵守一些規則，才能達到跟人溝通、交流，甚至喚起行動等目的。

在可能被想到的規則中，有人認爲「合作原則」是最根本的原則：它是說在所有的語言交際中，言說者和言說接受者都有一種默契和合作，使整個交談過程所說的話符合交談的目標和方向。而它具體體現爲四條準則：

㈠數量準則：說的話應包含交談所需要的訊息；說的話不應包含超出需要的訊息。

㈡質量準則：說話要眞實；不要說自知是不眞實的話，不要說缺乏足夠證據的話。

㈢關係準則：說話要貼切（跟談話有關聯）。

㈣方式準則：說話要清楚明白；避免晦澀、避免歧義、避免囉嗦、井井有條（參見李瑞華主編，1996：529）。

不過，在實際的對話中，合作原則也經常遭到對話者的違反（這約略有四種情況：(1)對話者宣布不願合作；(2)對話者撒謊；(3)有時對話者爲了維護一條準則而違反另一條準則；(4)對話者從總體上說是遵守合作原則的，但他又有意不恪守某項準則，而是讓對方透過字面意義推導出其

中的語用意義。同上，530～531）。這種違反，又可分為有意的違反和無意的違反（也許還有有意無意的違反）。前者，如「教授：『你能不能以語言規畫的觀點解說一下加拿大的雙語教育規畫的情況？』博士候選人：『哇噻，你老兄這個問題問得真棒！真有一套！以語言規畫的觀點來看，加拿大……。』」（謝國平，1986：269）這就有意的違反數量準則（該博士生說的話超出需要的訊息）；又如「有一次，在討論時碰到一位『跳高一層派』兼『某個意義』派的掌門，發覺很難透過講理的方式和他討論，於是我就用『以子之矛，攻子之盾』的辦法，彷彿很嚴肅地忽然對他說：『你知道嗎？孔子的體重超過五百磅。』『你這話不合事實。』『在平常的意義之下你是對的，但在某個意義——一個更『高』的意義——之下，我的說法更對。倘若孔子揹著南子，南子揹著子路，子路揹著貂嬋，貂嬋揹著呂布，呂布揹著楊玉環——在『這』個意義之下，我說的那句話就是很對的。』『那句話怎麼會有這個意義呢？』他莫名其妙。『如果你跳高一層，或跳高兩層、三層……來看，你就知道確是有這個意義的了。』」（李天命，1983：23～24）這就有意的違反質量準則（作者自己說自知是不真實的話）；又如「美國威斯康辛州，麥迪遜城一家報社的記者，曾在大街之上，訪問了二百多人問『什麼是共產黨？』，下面便是其中的一些答案。農夫：『依我的看法，他們絕不是好東西；可是，我也搞不清他們究竟是幹什麼的。』速記員：『如果一個人不信教，我想他可能就是共

產黨吧！』家庭主婦：『我眞的搞不清共產黨是什麼樣的人，我想他們大概會把白宮的要人攆出去吧！』」（戴華山，1984：144）這就有意的違反關係準則（受訪者說的話跟原問題沒有什麼關聯）；又如「『你所謂民主是什麼意思？』『民主就是衛護人權。』『權利是什麼意思？』『我所謂的權利，就是天賦給每一個人的特權，也就是說，人類生來就有的特權。』『就像？』『譬如說自由。』『自由是什麼意思？』『宗敎和政治的自由。』『那又是什麼意思？』『我們做事作風民主，就有宗敎和政治上的自由。』」（早川，1987：136～137）這就有意的違反方式準則（主談者說的話籠統含糊）。後者，如「某位學者應邀推薦他手下的一名研究人員參加一項專題研究工作，而他的推薦信上只寫了這樣幾句：『某某敎授：我所的某先生文筆生動，閱讀範圍極爲廣泛……。』這位敎授據此信認爲，該研究人員顯然不適合於參加這項專題研究。因爲他主持的研究，恰恰需要的是與此相反的嚴格的求證和紮實的專業知識，他明確無誤地逮捉了這封信的這些褒揚之詞的『言外之意』。」（兪建章等，1990：281）這就無意的違反數量準則（只從推薦信本身看，該學者似乎不知該提供足夠的訊息）；又如「有一對暴發戶夫婦大宴賓客，有一位客人突然談到貝多芬，女主人接口道：『上禮拜我坐九號公車去火車站時，我正好碰到貝小姐呢！』大家一時啞口無言，只有暗自偷笑。女主人也自覺那裏不對，宴會後問她丈夫：『到底我講錯了什麼啊？』丈夫很不高興的說：『你還不知道啊！有兩大

錯誤：第一，有錢人那裏還坐公車？眞是丟我臉！第二，九號公車也不經過火車站，當然大家都會笑你了！』」（出處未詳）這就無意的違反質量準則（暴發戶夫婦不知他們虛構的貝小姐跟客人所說的男音樂家貝多芬不一樣）；又如「有一位從美國來上海敎英語的女敎師，聽到人民公園有一個『英語角』，便去那裏觀光一番。回來後有人問她觀感如何，她面帶不豫之色回答說：『我好像去了一次海關或警察局，因爲他們老是問我：「你叫什麼名字？」（What's your name?）「你幾歲？」（How old are you!）「你有幾個孩子？」（How many children do you have?）「你丈夫是幹什麼的？」（What does your husband do?）「你在中國掙多少錢？」（How much do you earn in China?）』這些問句在語法上都是正確的，問題在於，提問的內容涉及到英美人所謂的『私事』（privacy），違反了他們的說話規則。」（李瑞華主編，1996：565～566）這就無意的違反關係準則（提問者不知不宜隨便問異國人的私事）；又如「中文敎師：『在中文裏，俗稱雜物爲「東西」。比方櫈、椅、梳、書籍，都是東西。』洋學生：『我明白了，我們都不是雜物，所以你不是東西，我也不是東西。』」（李天命，1983：43）這就無意的違反方式準則（該洋學生不知自己說了一個歧義詞——東西）。當然，這裏所說的有意、無意，是相對的而不是絕對的。也就是說，它們是基於論說方便所作的權宜性劃分，容許他人再作判別（四個交談的準則也是）。

類似的現象顯示，如果對話違反了上述原則，將會影響對話情境的構成，也會增添解釋上的困難；但同時還必須注意到，在語言現象當中，有時大家是特意違反上述「合作原則」，以一種不合作的對話，創造了一種實際上是「合作」的對話情境。這種不合作不僅沒有妨礙大家的解釋的進行，反而促成大家作出解釋。如某甲問某乙，「現在是幾點？」這時雖然是中午，但某乙因為很不耐煩，所以隨口答道：「八點！」從質量的要求來看，這個回答顯然是虛假的，這個傳遞過去的訊息，從對話的意義來說是沒有意義的。但從另一方面來說，這個故意作出的虛假的回答，又造成了一種對話情境：那就是某乙的不耐煩，以及他們之間一種緊張的氣氛。再有就是「反話」，比如某甲對某乙作了很多不好的事，某乙很生氣；而他卻說：「你真夠朋友！」這當然又是虛假的，但這種虛假同樣也能使人作出真實的解釋（參見俞建章等，1990：286）。又如漢語世界裏常見的避諱（在言談和書寫時避免君父尊親的名字，如漢武帝名徹，於是改「徹侯」為「通侯」；孔丘的丘字，則寫成「𠀉」等等）、諱飾和禁忌（在提到難堪或不吉利的事時改用他詞，如不說「死」而說「駕崩」或「仙逝」；不說「強姦」或「強暴」而說「非禮」；不說「關門」而說「打烊」；不說「四」而說「三加一」等等）、歇後語（如「歪嘴吹喇叭」——喻「一團邪氣」；「肚臍眼裏放屁」——喻「沒有這回事」；「買鹹魚放生」——喻「不知死活」；「光屁股坐凳子」——喻「有板有眼」；「豆芽炒韭菜」——喻

「亂七八糟」;「瞎子點燈」──喻「白費」等等)、隱語
(如《世說新語》〈捷悟〉說「魏武嘗過曹娥碑下,楊脩從。
碑背上見題作『黃絹幼婦,外孫韲臼』八字。魏武謂脩曰:
『解不?』答曰:『解。』……令脩別記所知。脩曰:『黃
絹,色絲也,於字為絕;幼婦,少女也,於字為妙;外孫,
女子也,於字為好;韲臼,受辛也,於字為辭:所謂絕妙
好辭也。』魏武亦記之與脩同」;又〈簡傲〉說「嵇康與呂
安善,每一相思,千里命駕。安後來值康不在,喜(嵇康
兄)出戶延之。不入,題門上作鳳字而去。喜不覺,猶以
為欣。故作鳳字,凡鳥也」等等)之類,從方式的要求來
看,很明顯經常要教人難以捉摸(參見李瑞華主編,1996:
535~539;關紹箕,1989:52~63;黃慶萱,1983:128~
132)。但大家並不因為這些詞語達意的「拐彎抹角」而感
到無法對話,相反的它正好為對話創造了特殊的情境。至
於有人說所謂對話涵義的有關原則不適用於文學(因為在
文學中,(1)作品的作者往往說一些本人明知在現實世界中
是虛假的內容,所以不符合質量準則;(2)作者提供的訊息
有時過多,有時又過少,不符合數量準則;(3)文學作品在
許多情況下,同「對話」雙方所處的真實世界沒有直接的
關係,所以違反關係準則;(4)混合、歧義、重複、富於創
新,甚至晦澀,是文學語言的特點。參見俞建章,1990:
288引述),這又是一種特殊的情況,可能也值得我們別為
關注。

　　故意違反合作原則,都可以產生語用涵義,這在東西

方並沒有差異；有差異的是彼此對於合作原則的取捨。這就涉及另一個處理人際關係時人所共知的準則：禮貌原則。根據學者的研究，禮貌原則可以分為六大類：

㈠策略準則：指在指令和承諾中減少有損於他人的觀點；盡量少讓別人受損，盡量多讓別人得益。

㈡慷慨準則：指在指令和承諾中減少利己的觀點；盡量少使自己得益，盡量多讓自己吃虧。

㈢讚揚準則：指在表情和表述中減少對他人的貶損。

㈣謙遜準則：指在表情和表述中減少對自己的表揚；盡量少讚譽自己，盡量多貶低自己。

㈤一致性準則：指在表述中減少和別人在觀點上的不一致；盡量減少雙方的分歧，盡量增加雙方的一致性。

㈥同情準則：指在表述中減少和對方在感情上的對立；盡量減少對對方的反感，盡量增加對對方的同情（參見李瑞華主編，1996：540引述）。

這大體上，漢人較多地遵守禮貌原則，而英美人較多地遵守合作原則。姑且舉兩個例子以見一斑：「客人來訪，一番寒暄之後，坐下沙發，祕書小姐隨即端上熱茶，輕輕放在貴客之前，主人面前也端了一杯，鞠躬之後，退了下去，主人殷勤地請客人喝茶，交談生意。這是東方會客的一幕……至於茶是綠茶、是烏龍茶或麥茶，客人是否喜歡，即非所問，端什麼茶是祕書小姐或公司總務的事而非客人。我們也習於此種風俗，不必自己去決定想喝什麼，反正拿來了就喝，不喜歡就不喝或喝點意思意思就好。偶而

被問起想喝什麼的時候，東方人的回答通常是客氣了一番，再說：『什麼都可以』，『什麼都好』，或『隨便』等等。把決定權推給主人，求得輕鬆。因此我們中國人到西方拜訪時，馬上會碰到的難題就是如何立即決定自己喜歡的東西，並告訴對方。"Any drink tea or coffee? orange juice or fruit juice" 一開始祕書小姐快口的英文，就使您一時不知所措了……在不自然的心態中，好不容易說出 "Coffee"，以爲這樣事情就可了結，可是祕書小姐還不會讓您輕鬆，隨即而來的是 "Hot or cold?"、"Black or white?"、"With or without sugar ?" 此種珠連式的發問，使您緊張得連喝咖啡的心情也沒有了」(黃天麟，1992：106)、「有位在美留學生蘇煒介紹了自己的一次自以爲『無害的謊言』的後果：我的美國同學麥克邀我週末到他家參加一個party，臨時我聽說，一位我甚不喜歡的時髦人士也被邀請了，覺得『沒勁』，不屑與之同往（這是我們中國人的另一毛病，且按下不表），便給麥克掛了一個電話，隨口曰：『今晚我與某某(也是麥克認識的)有急事要辦，不能前往，很抱歉』云云。豈料，那位原先未被邀請的某某後來也被朋友帶到了麥克的party上，一下子拆穿了我的西洋鏡。爲這事，麥克很認眞地對我發了一場大火，質問因由。我狼狽不堪，只好道出實情。麥克一聽，覺得非常奇怪：『那你爲什麼不對我說眞話？「我不喜歡」就是一個最好的理由，沒有比它更有力的理由了，爲什麼要撒謊呢？』在麥克看來，爲『人情』、『面子』這些玄虛的東

西去撒謊，由此破壞自己的信譽，實在是不可思議的蠢事」
（李瑞華主編，1996：539～540引述）。這都是一個遵守禮
貌準則（而違反合作原則）一個遵守合作原則（而顧不及
禮貌原則）的對話結果（前者漢人遵守的是禮貌原則中的
一致性準則，英美人遵守的是合作原則中的質量準則和方
式準則；後者漢人遵守的也是禮貌原則中的一致性準則，
英美人遵守的是合作原則中的質量準則）。因此，從語言創
造所遵循的法則來看　中西方確實大有乖異。這無疑也可
以作不同的文化內涵的解釋。

第五節　語言的傳播

　　既然語言是被創造來跟他人對話，以便跟他人溝通、
交流，甚至喚起行動，並藉以遂行謀取利益、樹立權威和
行使教化等目的，那麼這一定會包含對話的對象，及傳話
達意的方式或媒介，而這所涉及的就是語言的傳播問題。
　　語言的傳播，可以概略分為非組織化傳播和組織化傳
播二種。前者，包括：(1)對象為個人或個人的集合（對個
人或多人傳播），使用基本傳播技術，媒介為口說語或書面
語，如言說、討論、集會、演說等等；(2)對象為個人或個
人的集合，使用複雜傳播技術，媒介為電話、錄音、錄影、
電報、閉路電視、磁碟（光碟）、網際網路等等。後者，包
括：(1)組織體對大眾進行傳播（對象為大眾），使用複雜傳
播技術，媒介為報紙、雜誌、廣播、電視、電影、書籍、

錄音、錄影、磁碟（光碟）、網際網路等等；(2)組織體對許多個人傳播（對象為許多個人），使用複雜傳播技術，媒介為新聞、direct mail信函、資料室和圖書館等等（參見方蘭生，1988：279）。而傳播整體，則具有六個要素（六個面相）：言說者、言說、言說接受者、媒介、語法規則和語境（參見古添洪，1984：97〜99引述）。圖示如下：

至於傳播的過程，也可以簡要的做一個表解（參見程祥徽主編，1996：22）：

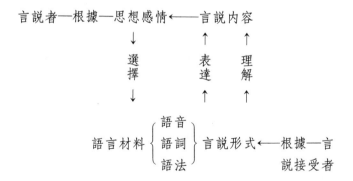

當然在實際的傳播過程中，還可能有其他的變數（如潛意識發作、非語言傳播行為出現等）介入，而使得傳播過程更形複雜（可以構設出許多的傳播模式。參見李茂政，1986：33～56）。

　　大體說來，語言的傳播是一個「意義化」的過程（參見鄭貞銘主編，1989：107～158），它所要傳達的訊息就是那個「意義」。雖然歷來大家對「意義」的看法各有不同（李察茲（I.R. Richards）和奧格登（C.K. Ogden）所著《意義的意義》書中就曾列出十六種「意義」，皮爾斯（C.S. Peirce）也曾統計過意義的種類更高達近五萬之數──後來減縮為六十餘種；而當近一些語言哲學家，又有所謂「意義即指涉論」、「意義即意念論」、「意義即用法論」等說法。參見李安宅，1978：54～72引述；葉維廉，1988：30引述；奧斯敦（W.P. Alston），1987：15～46；黃宣範，1983：17～81），但將它區分為「語言面意義」和「非語言面意義」，應該是不失為可充作討論依據的好辦法。前者是指語言由於結構而有的內在關係和指涉在外的對象（參見臺大哲學系主編，1988：21～42。按：被指涉的對象，不一定是具體可見的特定事物。它可以是一羣事物──如「狗」，或是一種性質──如「堅決」，或是一種事態──如「無政府狀態」，或是一種關係──如「擁有」。此外，它還可以是一種在技術上可能或在物理上可能或在邏輯上可能或在超驗上可能的東西。參見奧斯敦，1987：18；沈清松，1986：71～72）；後者是指伴隨語言而來的有關言說者

自覺的感情、意圖、世界觀、存在處境和不自覺的個人潛意識、集體潛意識等等（參見朱光潛，1981：93～100；蔡源煌，1988：233～234；臺大哲學系主編，1988：28～31；周慶華，1994：227~229）。語言傳播的過程，無非就是對上述「語言面意義」和「非語言面意義」的表達（二者可以由「思想感情」來提領——語言結構就是思想結構，而感情是伴隨思想而來的成分代表。還有潛意識部分本是言說者所不自覺的，似乎不宜列在「表達」項下，但因為它是伴隨的，所以姑且也作這樣的安置——否則，就會找不到一個適當的詞彙來描述它）。這在中西方並沒有什麼不同，差別只在於彼此的組構語言（製碼）的方式和解釋語言（解碼）的策略。有關組構語言的差別，已經略見於本章第二、三、四節所述；而有關解釋語言策略的差別，則可以被歸納出來的中方有「考據之學、義理之學、經世之學、詞章之學」（參見王熙元等，1982：145～160附錄）而西方有「物理科學、生物科學、社會科學、文化科學」（參見黃文山，1982：70～157）得見著一斑。這不只是學科名稱的差異（雖然偶有重疊），也是實質內涵的差異（也就是解釋系統的差異）。

　　此外，還有一種也常被提及的非語言的傳播。它包括姿態、表情、手勢、服飾、髮式、腔調、居住環境的陳設擺式等等(參見李茂政，1986：104～114；法斯特(J. Fast)，1986；石川弘義，1978；懷脫賽(R.L.Whiteside)，1988；多湖輝，1979)。這類的傳播有的單獨行使，有的跟

語言的傳播一起行使，都曾引起學者的重視。就以常跟語言的傳播一起行使的腔調（聲音）和表情爲例，它們的衝擊力被估計居然遠超過詞語本身(梅拉賓(A. Mehrabian)說過一個訊息的整個衝擊力是下列公式的一個函數：衝擊力1＝0.07×言詞＋0.38×聲音＋0.55×面部表情。參見李茂政，1986：115引述)。有一首歌說：

> 妳口說：「不，不」
> 但妳的眼神說：「好，好」
> 我一直錯過了妳的吻，
> 只因爲我不聰明……（懷脫賽，1988：34引）

這用來印證上述的話，蠻貼切的。還有一個「日本微笑」的故事，也很有代表性：話說一九四一年，日本特使和美國國務卿赫爾（C. Hull）舉行最後一次會談之後，面帶笑容的告辭離去。參加會談的美方人員看到日本特使的愉悅神情，都認爲未來美、日的關係非常樂觀。不料沒有多久，就發生了震驚世界的日機偷襲珍珠港事件，成爲美國參加第二次世界大戰的序幕。另一件事發生在一家昂貴的餐館裏。當我們的美國食客拿起匙羹，正打算一嚐佳餚時，突然發現湯裏竟然有一隻烏黑的蒼蠅載浮載沈，氣憤之餘，他立刻將侍者招來，提出嚴重的抗議，不料這位日本侍者聽了客人的抱怨後，不但沒有難過或抱歉的神情，反而微笑起來，使得對方更加惱火，幾乎發生嚴重的衝突。更令外國人吃驚的，是日本人在宣布親朋的死訊時，有時也是

笑容滿面的。到底是那位日本侍者神經錯亂了？或是日本特使陰險狡詐？還是一般日本人都冷酷無情（在親朋去世時，仍能嬉笑如常）？任何正常的人，都會有相同的疑問。但事實上，答案非常簡單：微笑對日本人來說，並不一定表示愉快，也可以表示尷尬或哀戚。換句話說，挨罵的侍者換上一付笑容，只表示他對湯中出現蒼蠅一事感到難以為情，並不是幸災樂禍。一些研究「非語言傳播」的學者認為如果當年美國官員對「日本微笑」有深切的了解，珍珠港事件或許不會發生（參見汪琪，1984：183～184引述）。姑且不論美國官員對日本微笑的了解是否真能防止偷襲珍珠港事件的發生，我們都難以否認人和人的交往、溝通，有相當大的成分要靠非語言的傳播。而這種傳播的差異性，也跟語言傳播的差異性一樣值得我們注意。就以打招呼來說，很輕易就可以舉出十數種不同的動作（一般性的握手除外）：

　　△擁抱，背靠背摩擦（波利尼西亞）。

　　△鞋跟併攏致敬（德國、奧國、阿根廷）。

　　△親吻手臂（歐陸、拉丁美洲）。

　　△兩手合十（印度）。

　　△禮貌的招呼（馬來西亞）。

　　△作揖（中國）。

　　△以手碰觸帽沿（歐美）。

　　△脫帽致敬（歐陸、拉丁美洲）。

　　△輕拍對方肩頭（愛斯基摩）。

△友善的擁抱（拉丁美洲）。

△握手，然後在空中分開（斑都）。

△非正式的招呼，把頭偏向一邊（英國）。

——將右手捲成勾狀，跟對方的手掌摩擦後舒展開。
 如此重複三次。

——一方坐在另一方的膝頭，彼此將手臂環繞對方的
 頸項哭泣。朋友、夫妻、親人重聚時均是如此。

——抓住對方的右手，舉起來，親吻對方的手。

——用鯊魚的牙齒猛烈地摩擦對方的額頭和太陽穴，
 直到出血為止。

△先擁抱，頭置於對方右邊肩上，在背上拍三下，然
 後再把頭置於對方左邊肩上，再在背上拍三下（西
 班牙裔美國男人）。

……（參見汪琪，1984：201引述）。

　　這跟語言傳播中的不同組構語言方式相類似。此外，
像漢族以「點頭」表示「同意」，有的民族卻以「搖頭」表
示「同意」。漢族的座席靠「左」為「上」，有的民族卻以
「右」為「大」。中國的交通是右行制，有的國家卻是左行
制。漢族新娘服裝以紅象徵吉祥，而西方國家以白色禮服
代表大喜。美國人、日本人抿嘴吃東西才算得體，印第安
人卻以張口大嚼為禮貌。東方青少年攜手同行意味著友
誼，西方人的這種攜手行為有可能被懷疑為同性戀。美國
人交談時總要保持一定距離，西班牙人卻湊得很近。義大
利人喜歡用各種手勢伴隨交談，日本人則一般保持「君子

動口不動手」的態勢（參見邵敏敬主編，1995：243～244）等等，也是同一個道理。雖然如此，這些姿態、表情、手勢、服飾、髮式、腔調、居住環境的陳設擺式等等，已經「語符」化了（正如莎士比亞（W. Shakespeare）〈冬天的故事〉中所說的「他們在無言中有對話，他們在姿態中有語言」。白馬禮（Mario Pei ，1980：1引），可以把它當作語言看待，而不必專列一節來論述。

第六節　語言的變遷

　　通常語言也被看成是一個象徵系統，它指涉（象徵）了外在的事物（事物一詞在這裏是個提領，它包含可見、不可見和可能存在的一切東西，見前節），而有所謂「語言是一種地圖」的說法（參見早川，1987：23～26；徐道鄰，1980：67～72）。問題是同一種事物可能有不同的語言去指涉，使得由語言所塑造（繪製）的地圖不得不出現形形色色的現象。如在漢語中，「性交」（交媾）常被羞於提起，而採用「作愛」、「行周公之禮」、「春風一度」、「燕好」、「巫山雲雨」、「圓房」、「魚水之歡」等詞語，這就構成了一個含蓄、纏綿而帶有深度美感的情愛世界。又如漢人從來沒有主動構設過由原子（atom）、電子（electron）、核子（nucleon）、中子（neutron）、質子（proton）、介子（meson）、引力子（graviton）、光子（photon）、超子（hyperon）、π 介子（pion）、κ 介子（kaon）、層子

(straton)、膠子（gluon）、中微子（neutrino）、陽電子（positron）、σ介子（Sigma-meson）、ε超子（Sigma-hyperon）、夸克（quark）等所組成的微觀物理世界（參見陳原，1984：163～164），而歐美人卻很擅長這一套。這就產生了不同的認知系統（漢語中只有像《老子》第四十二章「道生一，一生二，二生三，三生萬物」、《易繫辭傳》「易有太極，是生兩儀，兩儀生四象，四象生八卦，八卦定吉凶，吉凶生大業」、周敦頤〈太極圖說〉「無極而太極；太極動而生陽；動極而靜，靜而生陰；靜極復動，一動一靜，互為其根，分陰分陽，兩儀立焉。陽變陰合，而生水火木金土，五氣順布，四時行焉。五行一陰陽也，陰陽一太極也，太極本無極也。五行之生也，各一其性。無極之真，二五之精，妙合而凝，乾道成男，坤道成女，二氣交感，化生萬物。萬物生生，而變化無窮焉」這些難以驗證的本體論述，可供懸念）。

再從經驗層次來看，任何一種語言地圖都不可能永遠保持不變。它有時要調整對事物的指涉，有時要重新來指涉事物（參見俞建章等，1990：241～276；周華山，1993：180～194），而造成語言地圖和所指涉事物處於不斷變動之中。如果考察這種變動，可能又會發現語言地圖和所指涉事物（外在世界）並不是二元對立，而是所指涉事物隨著語言地圖的變動而變動。所指涉事物的客觀性，幾乎或根本不存在（一般都以為所指涉事物可以驗證而確立它的客觀地位，殊不知任何可驗證的東西，最多只具有相互主

觀性或互為主體性，不可能具有絕對客觀性。前者，參見柴熙，1983：29～58；趙雅博，1990：127～147。後者，參見沈國鈞，1987：93；陳秉璋，1990：241～246)。所以會出現這種狀況，主要是各種語言地圖的相互刺激，而開闊或複雜了人的知識領域（有學者指出，所謂「知識」，包括：(1)你所知道的東西——由經驗得來的知識；(2)你所學來的知識——由閱讀、聽講等方式得到的知識；(3)你所知道的你不知道的東西；(4)你所不知道你不知道的；(5)你所「知道」的，事實並不是那個樣子；(6)「現在」還沒有人知道的知識；(7)你所深信不疑你覺得你「知道」的知識。參見姜森（K.G. Johnson），1986：79～83)，回過來又修正或制約了語言地圖。其次是相對的心理機制和社會機制的作用，而間接影響了語言地圖的構設（參見張世祿，1979：166～168；謝國平，1986：241～242；鹿宏勛等，1987：11～79)。

還有語言的變動，在相對上也有歷時性的變動和共時性的變動兩種情況。本來一提到語言的變動，必定要包括語音、語詞、語法、整體的對話構思，以及為達對話目的所採行的敘述、規範、評價等種種方式技巧的變動。但由於對話以下這一語言的深層結構，多半只能「片段」的捕捉，很難去作歷時和共時的追溯和察驗，而語法以上這一語言的表層結構中的語音和語法，關係對事物的指涉不大，以至只剩語詞部分可以關注。語詞的歷時變動方面，最明顯的就是語詞本身不變而語意已變，形成涵義不同的

用詞。如德語的durchblaüen（痛打）源出於bliuwan（鞭撻）；但大家把它跟blau（青色的）加以聯繫，因爲毆打可以產生「青色的傷痕」。在中世紀，德語曾向法語借來aventure（奇遇）一詞，按規律把它變成了ābentüre，然後變成了Abenteure；沒有改變詞的形式，但把它跟Abend（夜）加以聯繫（人在晚上聊天時所講的故事），到十八世紀竟然寫成了Abendteuer。古代法語的soufraite（喪失）（＝suffracta，來自subfrangere）曾產生出souffreteux（虛弱）這個形容詞，後來大家把它跟souffrir（受苦）加以聯繫，其實它們毫無共同之處。法語的lais是laisser（遺留）的動名詞，但後來大家把它看作léguer（遺贈）的動名詞，並寫成legs（遺產）；甚至有人把它念成le-g-s（參見索緒爾，1985：242～243）。英語pen，源自於拉丁語penna，原意是羽毛，到了古代英語裏，pen的意義爲鵝毛筆（就是quill pen），如今筆的質料改變了，就指鋼筆（羅常培，1989：3）。漢語偷，古代的意義爲苟且、忽視（如《商君書》〈農戰〉「善爲國者，倉廩雖滿，不偷於農」），現在指趁不知道拿人東西或作某件事。烈士，古代的意義是指剛正有節操的男子（如曹操〈龜雖壽〉詩「烈士暮年，壯心不已」），現在指爲進步事業獻出生命的人（參見譚全基，1981：35）。這種情況，更有人把它歸納出三種主要類型：(1)詞義的縮小，如漢語金，原是一切金屬的通稱，現今專指黃金。文，原是一切彣畫的通稱，現今專指文字。英語deer，原是一切野獸的通稱，現今專指鹿。wife，原

是婦女的通稱，現今專指妻子；(2)詞義的擴大，如漢語臉，原指「目下頰上」，現為面部的通稱。奸，原指「干犯女人」，現為奸偽的通稱。英語dog，原指「猛犬」的一種，現為犬類的通稱。fee，原指家畜的一種（大概當作交易的媒介），現為錢財的通稱；(3)詞義的轉移，如漢語走，本為「疾趨」的意思，如今已轉變成徐行。杜康，本是古代一個善於製酒的人，後來成為酒的別號。英語marshall、constable本指一種「馬夫」、「廐卒」，現在用來稱將軍、統帥。feel，原來是「手掌」這個語詞演化而成的，當今用作覺得的意思（參見張世祿，1979：185～189；林尹，1980：11～13；胡楚生，1980：24～29）。此外，還有所謂詞義的退化、詞義的升級、詞義的隱喻、詞義的轉喻、詞義的提喻、詞義的誇張、詞義的曲言等（次要）類型（參見宋光宇編譯，1990：148～150），這就不細述了。

語詞的共時變動方面，最常見的是加詞綴而改變詞性義。如漢語苦、甜，加詞綴「頭」，變成苦頭、甜頭。黏、酸，加詞綴「性」，變成黏性、酸性。高、文明，加詞綴「度」，變成高度、文明度。美、惡、標準、工業、現代，加詞綴「化」，變成美化、惡化、標準化、工業化、現代化。在英語中，古英語時代沒有-able這個形容詞詞綴，1066年隨著諾曼人入侵，法語大量傳入後，英國人把原是法語的詞綴加在英語的字後，形成很多新詞，如doable、washable等等都是。英語non-、dis-、un-、in（il、im、ir）-、a（an）-等前詞綴，附著於詞根後，可以構成許多否定性的派生詞

（參見謝國平，1986：246～247；呂淑湘等，1995：195～205；李瑞華主編，1996：256）。其次，增加新詞也被視爲一種共時的變動（雖然它跟前者不類），而它主要顯現在外來語和翻譯語的介入。前者，如漢語革命（英語的revolution）、文化（英語的culture）、文明（英語的civilization）、經濟（英語的economics）。英語eau-de-cologne（花露水），這是法語構造。德語Schwindle借到英語時把Sch改寫爲S，就變成swindle（欺詐）。後者，如漢語咖啡（coffee）、沙發（sofa）、坦克（tank）、雷達（radar）、邏輯（logic）、一闡提（梵語icchantika）、涅槃（梵語nirvāna、巴利語nibbana）、閻羅（梵語Yamarāja）。西歐語塔（英語Pagoda，法語Pagode，西班牙語Pagoda，德語Pagode）是從巴利語bhagdī轉寫來的。英語Kangaroo（袋鼠）是從澳洲的土語翻來的（參見陳原，1984：224～249；周振鶴等，1990：207～259；吳汝鈞，1988：319、349）。這要作不同的文化內涵的解釋，顯然複雜許多；尤其它還涉及強勢文化對弱勢文化的壓抑、剝削、控制的問題（參見湯林森（J. Tomlinson），1994），更需要一分深入辨識的工夫。

第三章　語言現象的文化解釋

第一節　文化的界義

　　以本書的體例來說，始終要扣緊文化是語言的別一解釋一點來論述(這種論述取向，有點類似當今一支社會語言學所作的探討「誰對誰在什麼時候用什麼語言講了什麼話」和「什麼會使社會組織中的語言使用和語言態度產生不同速度的變遷」──這所要尋求的不只是能夠解釋及限制語言行為的社會規則或規範，也不只是語區內對某種語言所持的態度，更是各種語氣對其使用者來說所具有的不同象徵價值，而不同象徵價值的造成，乃是各種語氣各有不同功用的必然結果。後者，詳見費許門(J. A. Fishman)，1991)。於是這就不可能導至像底下這兩種看法上去：「語言是文化的一環，而且是主要的一環。各民族都有其文化的特色。形成民族文化的有：承傳其祖先的智慧、道德倫理觀念、習俗、宗教信仰、政治法律制度，以至歷史神話傳奇，包括各種『禁忌』(taboo) 等等，而憑藉語言文字，

才能薪火相傳的！語言文字，亦是民族文化精神的表現
——主要的表現形式。語言習慣是最顯著的特徵」（謝康
基，1991：165）、「我們的社會語言學將從兩個領域去進行
探索：頭一個領域是社會生活的變化將引起語言（諸因素）
的變化，其中包括社會語境的變化對語言要素的影響；第
二個領域是，從語言（諸因素）的變化探究社會（諸因素）
的變化。在頭一領域中，社會是第一性的，社會有了變化，
這才引起語言的變化，因此語言是第二性的；在第二領域
中，社會還是第一性的，我們只是透過語言的變化現象，
把歷史的或當時的社會生活的奧祕揭示出來，絕不像語言
相對論者那樣，認為有什麼模式的語言，就會產生什麼樣
的社會模式或社會文化。那樣的論點是本末倒置的，是違
反唯物論的」（陳原，1984：3～4）。從定義式論述的角度
來看，這兩種說法自然沒有什麼不可以，只是它終究無法
填補語言如何能承載祖先的智慧、道德倫理觀念、習俗、
宗教信仰、政治法律制度，以至歷史神話傳奇等等（而不
是祖先的智慧、道德倫理觀念、習俗、宗教信仰、政治法
律制度，以至歷史神話傳奇等等是語言的別一解釋）和語
言如何能從社會模式或社會文化產生（而不是社會模式或
社會文化的別一解釋）的漏洞？換句話說，語言就是語言，
它可以發展出純粹語言學的知識，也可以發展出心理語言
學、社會語言學、文化語言學等知識；這時所謂的心理、
社會、文化等等，都是語言的異名或新名，離開語言也就
無所謂心理、社會、文化等等。

此外，在談論語言時，固然可以依照前章那樣分別從語言系統、語言的表層結構、語言的深層結構、語言的創造、語言的傳播、語言的變遷等層面一一給予分辨，但當要作文化內涵的解釋時，為顧及所解釋出來的文化的「整體性」，勢必得先將語言各層面「打成一片」來談。也就是說，不一一的去對應語言層面和文化層面（雖然它也可以一一找出對應點），而只就語言／文化的內涵為何進行討論。因此，像底下這一討論方式（前章也曾反面試驗過）就不再重複出現：「民族文化的各種因素在其民族語言的三要素，以及在語言表達上都有所體現，尤其凸出地體現在詞彙和語言運用上……語彙是語言各要素中最具社會創造力、最活潑、與社會文化聯繫最密切、最直接的部分。它的產生、發展變化與使用都與社會文化的發展變化息息相關。比如，漢民族傳統是多神論的，因而漢語裏植根於封建迷信或宗教信仰的詞語特別多。例如魯迅的小說〈吶喊〉和〈徬徨〉裏就提到社廟、城隍廟、孔廟、土地廟、土谷祠、靜修庵等，而廟裏有『三頭六臂的藍臉、三隻眼睛……牛頭和豬牙齒』。迷信活動如大祭祀、迎神賽會、送灶、請福神、拜灶老爺、拜靈官老爺、請風水先生看墳地、請道士驅除縊鬼、和尚道士作法事、到土地廟捐門檻……這些都是漢民俗封建迷信的語言體現」（程祥徽主編，1996：252～253）。姑且不論這一討論方式對於所謂封建迷信的判斷和評價有點流於草率（這跟一般學者的看法沒有什麼兩樣——一味貶低這些民俗的價值。參見許地山，

1986；費鴻年編，1982；劉道超，1992。殊不知它強烈具有生理、心理、宗教、社會等功能。參見馬凌諾斯基，1987；涂爾幹（E. Durkheim），1992。再說如果我們認為那些習俗作法是迷信，那我們就得承認下面一些不合理結論：(1)人的智力是無限的、萬能的，可洞悉所有事理，上天下地沒有人的智力不能達到的領域；(2)每一個人的所有知識都由自己研究得來的，不必靠別人的權威；(3)歷史上至少有些人，在探討真理的過程中，在追求知識所作的努力上，未曾犯過任何錯誤。參見曾仰如，1993：283～284)，就說它所說的種種民俗作為又何以得知？難道它不是從語言來的嗎？因此，與其說詞彙、語言運用體現民族文化，不如說民族文化是詞彙、語言運用的別一解釋；而這種解釋應該系統化，不是像該例那樣隨意拈取片斷，讓人無法據以為跟其他解釋作一連結。

順著這樣的論述脈絡，在為文化先作個界定時，就不是反過來說文化是「無聲的語言」(後者，見侯爾（E.T. Hall)，1989)，或自我含混的說「『文化』(culture) 是一個我們所擁有最複雜和不可捉摸的概念……要嘗試以一種單一的定義來掌握『文化』是很困難的。下面我將探討文化的四個向度，對教師而言具有獨特的重要性：高級文化、通俗文化、青少年文化，以及文化與自然之間的關係……」(吉普森（R. Gibson)，1988：83～109) ——這把文化放入括號 (有點存而不論的意思)，卻又大談高級文化、通俗文化等等，豈不很可疑？因此，給文化作一個較

為確定方向的界定，以便可以順當的論述下去，也就勢在必行。

　　當今所說的文化（culture），相對漢語來說，它是一個外來語，來自動字（colere），原為耕耘種植的意思，是西塞羅（Cicero）第一位使用它的；也有居住的意思；還有維持、照管、保護、敬禮、尊重的意思，大概都是西塞羅和維爾基（原名未詳）的使用。至於文化這個名詞（cultura）也是由西塞羅開始使用，有耕耘、栽培、修理農作物的意思。後來西塞羅又寓意的使用它為理智和道德的修習；又有注意，並有授課和敬禮的意思（參見趙雅博，1975：3）。一八七一年，泰勒（E.B. Tylor）重新為文化下定義，說文化是一種複雜叢結的全體；這種複雜叢結的全體，包括知識、信仰、藝術、法律、道德、風俗，以及任何其他的人所獲得的才能和習慣（殷海光，1979：31引述）。從此為西方樹立了一個新概念的里程碑，吸引許多人前來「品頭論足」（也就是不斷為它再作定義），至今仍未稍退。至於在漢語中，它是從《周易》〈賁卦・彖辭〉「觀乎天文以察時變，觀乎人文以化成天下」截取而來，有人治教化的意思（《說苑》〈指武〉「凡武之興，為不服也；文化不改，然後加誅」、王融〈三月三日曲水序〉「設神理以景俗，敷文化以柔遠」、束皙〈補亡詩〉「文化內緝，武功外悠」等都是這個意思）。跟西方的文化概念有些差距。可是現在已經沒有人再從這個（人治教化）角度去談文化，只要一提起文化問題，幾乎都是西方的概念。這顯示了文化在漢語世

界的個別論述脈絡裏，終於要擔任一個「重新」出發者的角色。而事實上，(就漢語世界來說)這也是任何一個新的解釋(詮釋)系統的形成所要經歷的。本論述既然自期要有別於同類型的論述，有關文化的取義自然不再是「傳統」式。在這個前提下，唯一還可以做的，就是儘量使所作解釋具有「合理性」。至於概念本身源於西方或源於東方，就不那麼重要了。

　　基於方便討論的理由，個人採用了由比利時學者賴醉葉(J. Ladrière)所提出和本國學者沈清松所增補的一個文化定義：「文化是一個歷史性的生活團體——也就是其成員在時間中共同成長發展的團體——表現其創造力的歷程和結果的整體，其中包含了終極信仰、觀念系統、規範系統、表現系統和行動系統」(沈清松，1986：24～29)。這個定義，包含幾個要素：(1)文化是由一個歷史性的生活團體所產生的；(2)文化是一個生活團體表現其創造力的歷程和結果；(3)一個生活團體的創造力必須經由終極信仰、觀念系統、規範系統、表現系統和行動系統五部分來表現，並在這五部分中經歷所謂潛能和實現、傳承和創新的歷程。文化在這裏被看成一個大系統，而底下再分五個次系統。這五個次系統的內涵分別如下：終極信仰是指一個歷史性的生活團體的成員，由於對人生和世界的究竟意義的終極關懷，而將自己的生命所投向的最後根基，如希伯來民族和基督宗教(耶教)的終極信仰是投向一個有位格的創造主，而漢民族所認定的天、天帝、天神、道、理等等

也表現了漢民族的終極信仰；觀念系統是指一個歷史性的生活團體的成員，認識自己和世界的方式，並由此而產生一套認知體系和一套延續並發展其認知體系的方法，如神話、傳說，以及各種程度的知識和各種哲學思想都是屬於觀念系統，而科學以作爲一種精神、方法和研究成果來說也都是屬於觀念系統的構成因素；規範系統是指一個歷史性的生活團體的成員，依據其終極信仰和自己對自身及對世界的了解（就是觀念系統）而制定的一套行爲規範，並依據這些規範而產生一套行爲模式，如倫理、道德等等；表現系統是指用一種感性的方式來表現該團體的終極信仰、觀念系統和規範系統，因而產生了各種文學和藝術作品（包括建築、雕刻、繪畫、音樂，甚至各種歷史文物等等）；行動系統是指一個歷史性的生活團體的成員，對於自然和人羣所採取的開發或管理的全套辦法，如自然技術（開發自然、控制自然和利用自然的技術）和管理技術（就是社會技術或社會工程，其中包含政治、經濟、社會三部分——政治涉及權力的構成和分配；經濟涉及生產財和消費財的製造和分配；社會涉及羣體的整合、發展和變遷，以及社會福利等等問題）。

上述這個定義，當然不是沒有問題，如表現系統所要表達的除了終極信仰、觀念系統、規範系統等等，此外當還有呈現它自身，也就是由技巧安排所形成的一種美感特色，而這都在一個「表現」（將終極信仰、觀念系統、規範系統現出表面來或傳達出來）概念下被抹煞或被擱置了。

雖然如此，這個定義所涵蓋的五個次系統，作為一個解釋所需的概念架構，確有難可取代的地位，所以這裏也就不放棄了。而從相對的立場來說，這比常被提及或引用的另一種包含理念層、制度層和器物層的文化定義（參見汪琪，1984：17～18；傅佩榮，1989：195～197；李宗桂，1992：392～393）或包含精神面和物質面的文化定義（參見史美舍（N.J. Smelser），1991：28～29；邵玉銘編，1994：48～49；龍冠海主編，1988：26～27）要具有包容性和系統性，甚至明晰性（該定義中的理念、制度、器物或精神、物質等概念，都嫌籠統含混）。

第二節　語言／文化中的終極信仰

　　將語言作文化內涵的解釋，依照論述的方便，首先要談的是終極信仰。所謂終極信仰，固然如前節所說是「指一個歷史性的生活團體的成員，由於對人生和世界的究竟意義的終極關懷，而將自己的生命所投向的最後根基」，但對於「信仰」本身究竟是什麼或實際狀況如何，卻還混茫不明，而有待進一步探究。

　　有人說信仰是一種具有存在性的開始，它無法以邏輯學、心理學或道德因果律來解釋，「信仰的萌芽本身有如被難以窺破的煙霧所包圍，而在其背後還隱藏著更深的奧祕」，同時「信仰也需不斷生成，而且有好幾個發展階段：它有起落、危機及平靜的成長期，信仰的生成在本性上是

多方面的。信仰的歷史涵蓋了一個人的全部，包括他的個性、他的力量、他的弱點、他的性情、他的經驗及他的環境」（郭蒂尼（R. Guardin），1984：19～21）。也有人說有若干判斷不能立即試驗證實的，那麼它是否真實就不可知，這類判斷就稱為信仰（跟能經試驗而得證實的知識判斷相區別），因此，信仰約略有兩類可說：一類是根源於知識，而且跟知識有邏輯上的關聯，如每一科學的假定，在它尚未確立時，就屬於這類的信仰；一類是宗教的信仰，這類信仰跟知識不相統屬，乃以不可侵犯的信條或聖經為根據（溫公頤編譯，1983：116～117。按：此外，還有一種既不根源於知識也不根源於權威的信仰，如相信「火星上的居民有一種四十字母的語言」，就屬於這類的信仰。這類的信仰，邏輯已失去效用，可能流於荒誕無稽之談；而且因為它沒有確定的意義情境可以作為解釋的對象，所以很難稱它為一種判斷，這只好存而不論。同上，117～118）。按照後者含有前者的成分來看，不妨說前者是狹義的信仰，後者是廣義的信仰。

狹義的信仰，它可以是一種行為，也可以是一種習性。如果是一種習性，它就是神賦予的超自然德行的一種，稱為「信德」，是使人「因著上帝的權威，完全相信上帝所啟示的道理」（參見曾仰如，1993：280）。當然這是特地從耶教的觀點來說的。耶教人士強調，人的理解力有限，人的聰明才智受到極大的限制，單靠自己的力量，人絕對無法完全清楚地知道上帝的奧祕、有關得救的途徑，以及獲致

永生（分享上帝的生命）的適當方法，於是上帝才把祂自己啓示給人，把得救的途徑指示給人。人倘若對上帝的這種啓示有了回響，肯接受祂的教導，就等於相信祂的權威，對上帝有了「信仰」（同上，279）。在西方，信仰（faith）和相信（believe）二詞一開始就被用來翻譯《聖經》中的Fides和Credere（希臘文Pistis和Pistéuein），而在信仰帶有耶教色彩的情況下，自然就衍生出不少的意義，如：(1)指新約所說人對顯示於耶穌基督的上帝而因上帝之恩成爲可能的肯定答覆，這項答覆無所不包，是全面的自我獻身；(2)指理智的接受，它首要對象並非任何信條，而是相信耶穌基督爲上帝之子，正如同祂針對祂自己所啓示的；(3)針對相信的信仰（fides qua creditur）之所信的信仰（fides quae creditur）———一個信仰命題，如果經教會的決定而被宣布爲信仰命題，則稱爲信理或信條（參見布魯格編著，1989：204）。如果不特地從耶教的觀點來說，狹義的信仰，可以具體指對神的信仰，也就是指任何一種宗教信念（即使並不以神的啓示爲基礎）。這一意義的信仰，仍然是整個人自由的、道德上的重要決定。但現代的不可知論，把理性基礎從信仰中除去，爾後都以非理性的信仰取代過去以理性爲基礎的信仰。晚近，從「信仰上帝」、「信仰神」的宗教內容中發展出一種完全屬於世俗意義的信仰。根據這一點，信仰意指一種由情感強烈激盪發生的堅定的信念和信任，而完全抗拒任何懷疑的困擾。某些人藉著這種信仰會幾近宗教狂熱地依附自己所相信的人或事(同上，120)。

然而，不論信仰是否針對上帝或神而來，它應該都是理性（理智）的行為（差別只在理性的程度）。理由正如聖奧古斯丁（St. Augustine）和聖多瑪斯（St. Thomas）所說的「沒有先行的知識，便沒有信仰，如果一個人什麼都不了解，他也不可能相信上帝」、「一個人若是根本不了解某個命題的話，他也不可能相信或表示贊同」（皮柏（J. Pieper），1985：7引）。何況在生命中重要的場合，沒有一人絕對只靠客觀、可以證明的知識而活。「因為普遍來說，人的生命基礎還是在可靠的信仰上。若是沒有相互的信賴，人羣共同生活是不可能的。但是，嚴格地說，沒有一個人能向別人證明自己的可以信賴。這樣看來，信仰便不是不足的知識，而是人的原始創行」（孫志文主編，1984：71）。因此，在底下所要談的終極信仰中，不是宗教性的，就是類宗教性的，它們都不能輕易的被除去理性基礎，否則就難以排入本論述的脈絡來加以審視。

　　雖然信仰「可以是一種行為，也可以是一種習性」（見前），但實際上有信仰這一習性（信德），也必定或大多會表現出信仰的行為，而這種行為主要是呈顯在對信仰對象及其啟示的關懷上。由於它是終極性的（由終極信仰轉來），所以可以稱為終極關懷。這種終極關懷，可以構成一個立體的存在體系，也就是由終極關懷而引出構成此終極關懷的「真實」和所要追求的「目標」，以及為獲致「目標」而有的「承諾」（自我擔負）（參見傅偉勳，1990：189～208）。如果把終極關懷當作一個「對象性的存在」，那從終

極真實到終極目標到終極承諾就是一個「實踐性的存在」。而這裏所以統以「終極關懷」一詞指稱該對象性和實踐性的存在，是為了終極關懷本身難可自存，而要有終極真實「保證」它的成立，有終極目標「指引」它的出路，以及有終極承諾「推動」它的進程，彼此構成一個關係緊密的存在體。

如信仰耶教的上帝的人，他所關懷的是人的「原罪」。這是承自古希伯萊的宗教思想（耶教、猶太教、回教這些盛行於世的宗教，都跟古希伯萊的宗教有淵源關係，彼此都是一神教，差別只在教義、教規和教儀上，參見朱維之主編，1992；張綏，1996；曾仰如，1993：177～239；呂大吉，1993：602～621、658～707）。根據相關古希伯萊宗教的文獻（主要是舊約）所述，上帝以祂的形象造人，於是人的天性中都有基本的一點靈明；但這點靈明卻因人對上帝的叛離而隱沒，從此黑暗勢力在人間伸展，造成人性和人世的墮落（這由亞當、夏娃偷食禁果首開其端）（參見張灝，1989：5～6）。從耶教所拈出的「原罪」觀念來看，人都有與生俱來的一種墮落趨勢和墮落潛能，構成它的終極真實；但人都是上帝所造，都有靈魂，所以又都有其不可侵犯的尊嚴。憑著後面這一點，人經由懺悔、禱告，就可以獲得救贖，死後進入天堂，永隨上帝左右（人可以得救，但有限度，永遠不能變得像上帝那樣完美無缺。參見郭蒂尼，1984：13；張灝，1989：6）。因此，進入天堂就是耶教徒的終極目標，而懺悔、禱告尋求救贖就成了耶教

徒應有的終極承諾。

　　又如信仰佛教的涅槃境界的人，他所關懷的是人的「痛苦」。這是佛教開創者釋迦從人類實存日日體驗到的無窮盡的身心逼惱（不快不悅的感受），而誓化眾生令其永遠脫離生死苦海的悲願（基於宗教慈悲心的誓願承諾）所由起。這不論是小乘佛教所偏重的「個人苦」，還是大乘佛教所偏重的「社會苦」，都展現了一致的關懷旨趣（參見方立天，1994；黃公偉，1989；呂澂，1985；傅偉勳，1995；木村泰賢，1993）。佛教所說的「痛苦」，具有相當的「實在性」（跟它相對的「快樂」，就不具有「實在性」。因為快樂只是痛苦的暫時停止或遺忘而已。參見勞思光，1980：192），遍及人身心的所有經驗（佛教對於苦的分類甚繁，最常見的有生老病死苦、愛別離苦、怨憎會苦、求不得苦、五陰盛苦等）。而造成此一痛苦的終極真實，主要是「二惑」（見惑和思惑，由無明業力引起）、「十二因緣」（生死輪迴）。最後必然以滅一切痛苦、出離輪迴生死海、達到涅槃自在境界為終極目標。而身為佛教徒所要有的終極承諾，就是由「八正道」（正見、正思惟、正語、正業、正命、正精進、正念、正定）進入涅槃而得解脫。

　　又如信仰道家的逍遙境界的人，他所關懷的是人的「困窘」（不自在）。這是道家的先知老、莊等人透視人間世誘引個己的分別心和名利欲而遺留的夢魘後所考慮要除去的（參見錢穆，1957；吳康，1967；嚴靈峯，1966；吳怡，1973；王邦雄，1986）。這跟佛教的關懷對象類似，但著重

點略有不同（詳下）。至於依附道家而別為發展的道教，在道家關懷的基礎上又加了一項「命限」，也足以令人側目（參見傅勤家，1988；洪丕謨，1992；葛兆光，1989）。道家所認定的「困窘」，基本上跟佛教所認定的「痛苦」無異，只是構成此一「困窘」的終極真實，多集中在較為明顯可見的「分別心」（別彼此、別是非、別生死）和「名利欲」上，略有區別。而道家信徒所要追求的終極目標，就是沒了分別心和名利欲的逍遙境界（純任自然）。為了達到逍遙境界，道家信徒必須以「心齋」（虛而待物）、「坐忘」（離形去知）等涵養為他的終極承諾。這在道教，又加了「方術」（如服食、燒煉、導引、內丹、符籙、禁劾、祈禳等），以保全人的神氣，而到達神仙的境界（長生不老）。這比道家的作法，似乎又更「進」了一層。

又如信仰儒家的仁道的人，他所關懷的是倫常的「敗壞」（社會不安定）。這是儒家的先知孔、孟等人考察人間世私心和私利橫行所造成而需要舒緩的惡迹（參見錢穆，1978；牟宗三，1976；蔡仁厚，1984；方東美，1985；謝仲明，1986）。這跟道家的關懷對象可以構成一種對比，而跟耶教的關懷對象也可以互照出本質的差異（詳下）。原因是上述各教派（學派）所關懷的都在一己的罪愆、苦痛的救贖和解脫上，只有儒家獨在倫常方面著力。它以人倫的不和諧而導至社會的不安定為關懷對象，並且認定私心和私利是構成此一倫常敗壞的終極真實。如何扭轉，就在確立仁行仁政這一終極目標，而以推己及人（己欲立而立人，

己欲達而達人）為終極承諾。這跟耶教顯然有絕大的差別：一個重視自覺自反，一個重視他力救贖。不僅如此，前者最終是要求得人倫的和諧（社會的安定），而後者最終卻是要求得人神的安寧。而這也跟道家（甚至佛教）構成一事的兩極：前者排除私心私利是為了生出公心公利，後者排除分別心名利欲是為了自我得以逍遙（即使是佛教去除所有執著，苦滅後不再有所作為，也難以同儒家相比擬）。話雖是這樣說，耶教、佛教、道家也不是不關心倫常的問題。它們以原罪意識來警告人不可判離上帝的旨意，以苦業意識來消滅人心的惡魔孽障，以委心任運來帶領眾人齊往逍遙境界，也都是為了看到人間一片淨土，到處一片祥和。只是它們的考慮多了一個轉折，不像儒家那樣直就自己和他人的關係切入，一舉揪出倫常敗壞的原因及其對策。

以上是依據幾個教派（學派）所有的語言（雖然它大多已先經過別人的解釋）所作文化次系統的終極信仰的解釋。如果可以再作點分辨的工作，那就是東方的佛教、道家（道教）、儒家（也有人逕稱道家為道教，而把儒家等同於宗教——稱它為儒教，參見韋伯（M. Weber），1989：207～291；秦家懿等，1993：61～127）信徒的終極信仰，都未及「神」或「上帝」這個層次（不像西方耶教國家或中西亞回教、猶太教國家，在單一神信仰下所有的那樣）。以漢民族來說，原來也有「神」或「上帝」的存在，如「肆類於上帝，禋於六宗，望於山川，徧於群神」（《尚書》〈舜典〉）、「惟皇上帝，降衷於下民，若有恆性」（同上）、「神

也者，妙萬物而爲言者也」(《易說卦》)。這個「神」或「上帝」，能轉移人世的禍福：「惟上帝不常，作善降之百祥，作不善降之百殃」(《尙書》〈伊訓〉)、「國之將興，明神降之，監其德也。將亡，神又降之，觀其惡也。故有得神以興，亦有以亡。虞夏商周皆有之」(《左傳》桓公三十二年)，所以世人都得小心翼翼，以「昭事上帝」，如「天子將出征，類乎上帝，宜乎社，造乎禰」(《禮記》〈五制〉)、「天子乃以元日，祈穀於上帝」(同上)。但這跟單一神信仰不同，單一神信仰中的「神」或「上帝」是全知全能全善的實體，而漢民族的「神」或「上帝」僅被視爲自然造物主的抽象意志予以崇拜而已 (參見黃公偉，1987：167～168)。這從漢人死後得以配享「神」或「上帝」可以反觀：「萬物本乎天，人本乎祖，此所以配上帝也」(《禮記》〈郊特牲〉)、「孝莫大於嚴父，嚴父莫大於配天 (神)，則周公其人也。昔者周公郊祀后稷以配天，宗祀文王於明堂以配上帝」(《孝經》〈聖治章〉)。人死後能配享「神」或「上帝」，顯然人、神或上帝之間有些類同性或相通性存在，而不僅僅像下面這段話所說的旨在顯現「崇敬先德」一意罷了：

　　希臘神話雖有神人戀愛之事，然亦缺人與天帝
　　(Jupiter) 配享而在其左右之思想。西方基督教以人信
　　上帝，可蒙賜恩而入天國，然入天國非人配享上帝之
　　謂。〈大衛詩預言〉耶穌曰：「上帝對吾主說，你坐在
　　我左右，等我把你仇人屈作你的脚櫈」，後基督教 (耶

教）義中，有上帝、聖子、聖神，三位一體之論，則
禮上帝與禮耶穌爲一事。然此仍與中國之以祖考配天
者，出自人之崇敬先德之意者不同。以祖考配享天者，
人之自登人於天之事，中國天人合德之思想之遠源也
（唐君毅，1989：33）。

這並非沒有道理。只是假使人和神或上帝之間沒有某些共
通處，這種配享事就會流於毫無根據的牽合。其實，在漢
民族稍後的文獻中，已經陸續的在爲這件事所以可能提出
一些理論依據。其中最足以看出人、神或上帝相通的地方，
就是漢民族把神或上帝看作天地精氣（陰氣陽氣中精醇的
部分）的別名，而人就來自該精氣的化生。所謂「陽之精
氣曰神，陰之精氣曰靈（按：靈、神只是居所不同，並非
有兩種相對立的神）。神靈者，品物之本也」（《大戴禮記》
〈曾子天圓〉）、「凡人物者，陰陽（精氣）之化也」（《呂氏
春秋》〈知分〉）、「古未有天地之時，惟象無形，窈窈冥冥，
芒芠漠閔，鴻濛鴻洞，莫知其門。有二神混生，經天營地，
孔乎莫知其所終極，滔乎莫知其所止息，於是乃別爲陰陽
（按：以上數句，應理解爲神本爲精氣，然後因緣使力，
經天營地，簸分陰陽），離爲八極，剛柔相成，萬物乃形。
煩氣爲蟲，精氣爲人。是故精神，天之有也；而骨骸，地
之有也」（《淮南子》〈精神訓〉）等等，都是在說這個道理，
因此，人就是「神」或「上帝」的具形化，死後魂魄分散
（按：魂魄是人體內精氣的別稱，《呂氏春秋》〈禁塞〉說：

「魂，人之陽精也。陽精爲魂，陰精爲魄」），還復爲天地陰陽精氣。所以才說人死後可以配享「神」或「上帝」。在這種情況下，漢民族對於「神」或「上帝」的敬事，就只是感念「神」或「上帝」跟自己的同一淵源（都是「來自」陰陽精氣──一爲精氣本身，一爲精氣所聚），而對方不過「本事」較大（沒有形體的負擔，可以來去自如），甚至偶爾還會作弄人而已。這跟一神教信仰，以「神」或「上帝」爲父而全心於服事，迥異其趣。因爲漢民族不像一神教信仰以一唯一主宰的「神」或「上帝」爲關懷重點，所以自然而然的就全力於關注人世的一切，而衍生出儒道二家那兩種類宗教信仰觀（至於中西方爲何會有不同的終極信仰，這已經無從去追溯）。此外，漢民族還有墨、名、法、陰陽（甚至後來由印度傳入的佛教）等學派，大抵也不脫這兩類信仰形態，始終跟一神教信仰分道揚鑣。

第三節　語言／文化中的觀念系統

　　漢民族的這種終極信仰觀和西方一神教的終極信仰觀的巨大差距，也導至彼此觀念系統的顯著不同。所謂觀念系統，依前面所說是「指一個歷史性的生活團體的成員，認識自己和世界的方式，並由此而產生一套認知體系和一套延續並發展其認知體系的方法」。這一認知體系既然是由歷史性的生活團體所研發製定出來的，那麼它跟該歷史性的生活團體所有的終極信仰必定也有直接的關聯。原因

是認知體系更根本的由來是模型因（觀念的存有義，就是模型或理型，英文為idea，源自希臘文idéin），正如布魯格所說的「（觀念）首先指我人所看到的表示出事物典型特徵的外貌，繼而格外指其中所顯示的內在特性或本質內容。概念尾隨著事物的存有而描繪出事物的本質，觀念則先於事物的存有，是事物藉之成型的永恆而完善的原始模型。因此觀念本質地是模型因 (causa exemplaris)。觀念為理智所把握以後，即成為理智判斷現象界事物的標準或規則；理智把某種觀念施諸實現時，更必須為觀念所領導」

（布魯格編著，1989：158～159）。而模型因又可以推到「神」或「上帝」的模型因，以至終極信仰和觀念系統就一貫直下了。中西方既然有不同的終極信仰，那觀念系統自然也不會一樣。

在討論上，還有兩點必須先作說明：

第一，這裏所說的觀念，是特指第一級序的觀念，如哲學這種「形上」觀念或科學這種「形下」觀念，而不涉及在規範系統、表現系統和行動系統中也會提及的道德、倫理、文學、藝術、政治、經濟等等第二級序（或更低級序）的觀念。後者雖然經常也成為大家研究的對象，而有所謂觀念史或觀念叢的名稱和研究模式（參見黃俊傑編譯，1984；阿德勒 (M.J. Adler)，1986；文崇一，1989；沈清松編，1993；楊國樞編，1994；達達基茲 (W. Tatarkiewicz)，1989；龔鵬程，1986；蔡英俊，1986），但它無非都是第一級序的觀念所衍生，如果混在一起談，勢必不

能「單獨」看出第一級序觀念的面貌，而有礙解釋系統的建立。

第二，所謂觀念系統中的「系統」，通常是指「依整體原則組合的許多知識」(每一部分在整體之中有其不可轉換的地位及功能) (布魯格編著，1989：527) 或「把由比較多的構成要素按一定的原理組合起來的一個整體」(比梅爾 (W. Biemel) 等，1987：248)。而在聯結觀念時，它所備有的具體特徵，必須是以一個普遍命題來演譯 (解釋) 觀念現象 (也就是在什麼情況下會出現什麼觀念現象，而不是籠統的敍述。參見荷曼斯 (G.C. Homans)，1987：17～22)。如果是這樣，那就得一步一步的尋繹推演，把每一觀念所以存在的理由闡說無遺才行。但實際上很難做到這一地步，除了將它連到終極信仰，其餘就只能空著 (有興趣的人可以進行填補)。還有它雖然也包含哲學系統，但卻有別於現代所流行的系統理論中的系統哲學 (不同於經典科學那種分析性的、機械論的、線性因果關係的規範，參見顏澤賢，1993：163～200)。後者爲前者的支系統，可以別爲討論，但這裏暫且不處理。此外，觀念系統的範圍，根據前面的定義包括了神話、傳說、哲學、科學等等，但實際上神話、傳說這些敍事性對象多可留在表現系統中的文學項下去討論，而跟宗教有關的成分 (特指神話中所有)，也可歸入終極信仰一節中予以安置。因此，本節所要討論的就只是哲學和科學兩部分而已。

照一般的用法，凡是命名爲「學」的，多半不是泛稱

（如「學於古訓」或「受教傳業」之類），而是帶有學術上的意義，「是研究事物而得其綱領條目，而爲一種有組織的知識之謂。析而分之，可得三要素：一爲統括的要素，能將其理，適用於同種類或同性質之事物，不俟直接經驗，而後能推而知之者也；二爲組織的要素，依一定方法，整理雜然無章之資料，使成爲秩序井然，有條不紊之系統的知識；三爲合理的要素，敍述論究，必依一定理由根據，或推理法則，而演繹之，與想像的假定，大異其趣，與神祕的信仰，亦迥不相同。故所謂『學』者必具有此三要素，而後能成其爲學」（范錡，1987：13）。這裏所說的哲學、科學之爲學，也是這個意思。「哲學」一名，本來不是漢民族所有，大概爲日人西周於日本明治天皇六年（一八七三）所創用。它源出希臘文菲倫philein和梭菲亞sophia兩字合併而成。前者語意爲「愛」，後者語意爲「智」。在拉丁語爲philosophia，在德法語爲philosophie，在英語爲philosophy（參見黃公偉，1987：1～2；溫公頤，1983：1～3）。它普遍被認爲是研究宇宙萬有最根本的原理的學科（參見范錡，1987：2～4；黃公偉，1987：3～4；魏鴻榮，1984：2）。而「科學」一名，在英語爲science，在德語爲wissenschaft，在法語爲sciens，源出拉丁語scientia，原意爲「知識」，是「指研究事物之理之學科而言。將對於各個事物求得之知識，組織成爲系統，而求其間共通存在之理」（永井潛，1967：1）。不過，普通所說的科學，是狹義的用法，跟自然科學的意義相同（此外，還有研究人事關係的人文

科學和研究社會關係的社會科學），完全被人作為一種獲得世界知識的認知方式（參見孟爾熹等編，1989：1～3；李英明，1989：1～2），雖然它有時也會被作偽而顯得不夠實在（參見布羅德（W. Broad）等，1990；拉德納（D. Radner）等，1991）。

有人考察哲學的內涵，曾經歷幾個階段的轉變：「古代希臘哲學偏於理論，認哲學為追求真智之學。希臘末期學者偏於實際，認哲學為立身處世之本。中古時期，學者以哲學為解釋教義之學。近世學者以哲學為知識批判之學。古代哲學以宇宙論為中心，近世哲學以認識論為中心。到了現世，人類文化昌明，既求廣度，又求深度，故對宇宙人生全面知識，不僅追求高深的學理，且尋求最後之解答，形成一種全面而有系統的理論」（黃公偉，1987：3）。這證諸相關哲學史的著作，大抵不假（參見傅偉勳，1987；戴孚高（B. Delfgaauw），1989）。只是哲學和科學都以知識為背景，自古以來就沒有明顯的劃分。直到十九世紀以後，自然科學的研究興盛，哲學和科學才逐漸分離開來：「自然科學藉著把我們的注意力有系統地導向某一個現象領域，以培養我們的認知生活，而哲學則是藉著把我們的注意力集中於現存的認知生活本身，以及其內涵之上，而加強了我們的認知生活……自然科學不需要詢問知識是什麼，概念是什麼，判斷是什麼等等。科學只從事實開始，事實上人是一個認知存有，人形成概念，並且提出判斷。從其天性上看，哲學不能這樣做，但應提出人造概念和判

斷的力量的問題出來」（國立編譯館主編，1989：6～7）。
這時哲學才被確認為探求最高原理或最後真相的學問（具
有根本性、思辨性、統合性，甚至批判性等特徵，參見范
錡，1987：13～16；溫公頤，1983：7～9；羅素（B. Rus-
sell），1989：2～10；傅佩榮，1989：12～18），而科學則
被確認為一種有系統地獲致知識的方法、活動和結果。前
者常顯現在題名為宇宙論、形上學（本體論）、方法論、知
識論、文化哲學、邏輯解析等專著中；後者的具體內涵不
外是「就其為認知的方法而言，首先必須使用嚴格的邏輯、
或數學性的演繹步驟，來從事理論的建構。其次，必須運
用有組織、有效控制的實驗過程，來從事經驗資料的獲取。
最後，理論和經驗兩者有辯證性的互動關係……就其為一
種認知活動而言，就是透過這種理論體系建構，經驗資料
建立，和兩者的互動來對於自然、社會和人自己的某一範
圍，獲取某種具有區域的有效性（local validity）之知識
的活動。這種活動不但只被動地描述或說明存在的狀態，
而且能有效地介入存在界的某一區域，因而改變了該區域
的存在界之狀態……就其為認知的結果而言，則是指前述
的方法和活動迄至目前為止所獲取的全體知識——指全體
在邏輯上前後一貫，在經驗上有詮釋的實例，並且尚未被
否證的命題。換句話說，科學亦即全體融貫的真命題之總
稱」（沈清松，1986：31）。

　　比較中西方的哲學，漢民族極少（甚至沒有）有西方
宇宙論（對宇宙的本質、起源、意義、目的等究極問題的

解說和評價）、形上學（探究超經驗的存有或實有，以成就可以作爲一切實驗學問基礎的理論學問）、方法論（建構追求眞知識和建立系統理論的形式條件和邏輯法則）、知識論（研究知識本身的性質、知識活動的範圍，以及知識的構成，以便重估和補強形上學的地位和學科性格）、文化哲學（說明「文化」活動的意義／價值和方向，指引人類前進的道路）、邏輯解析（探討語言結構和意義傳達的規律，試圖爲哲學重新定位）等那一類哲學，似乎只有「心性論」（道德形上學）可以獨樹一幟（參見勞思光，未著出版年：44～75。按：有人從漢民族語言沒有主謂語的區分，沒有詞尾的變化，以及沒有詞綴，而論斷漢民族出現不了西方的本體論──形上學──等一類哲學，胡適等，1988：49～68。這也可以成爲一種解釋進路，只是它無法進一步說明漢民族語言爲何顯現出前一節所述那種終極信仰，以及底下所要敍述的那種宇宙觀。因此，不如直就語言來作相關課題的解釋）。而在科學方面，彼此更無法相提並論，尤其在近代西方結合科學而發展的科技，漢民族只能瞠乎其後。

　　爲了容易看出中西方哲學的差異，姑且以宇宙觀爲例來作說明。西方歷來的宇宙觀，表面上顯得繁複多樣，實際上卻有相當的同質性，就是都肯定一個造物主，以及揣摩該造物主的旨意而預設世界（宇宙）所朝向的某一特殊目的：如古希臘人認爲世界是由神所創造的，所以它是絕對完美的，但它並非是不朽的：世界本身就含有衰退的種

子。因此，歷史自身可視為一種過程。在這種過程中，事物的原初秩序在黃金時代裏，一直保持著完美的狀態，只有在往後的歷史階段中，才無可避免地陷入衰退的命運。最後當世界接近終極的混沌狀態時，神又再度介入而恢復原初的完美，於是整個過程又重新開始。這樣歷史就不是朝向完美的一種累積性進展，而是一種由秩序邁向混亂的不斷交替。這種觀念就影響到古希臘人對社會究竟要怎樣建立秩序的理念，如柏拉圖、亞里斯多德（Aristotle）相信，最好的社會秩序乃是變動最少的社會；在他們的宇宙觀裏，根本未存有不斷更動和成長的概念。因此，他們最大的心願，就是儘可能保持世界的原狀，以留傳給下一代。又如耶教的歷史觀主宰著整個中古世紀的西歐，它認為現世的生命，只是朝向下一個世界的中途站而已。在耶教的神學裏，歷史具有開創期、中間期及終止期的明顯區分，而以創始、救贖及最後審判等三種形式表現出來。這種宇宙觀認為人類歷史乃是直線型，而非交替型的。它並不認為歷史正朝向某種完美化狀態前進；相反地，歷史被視為一種不斷向前的鬥爭，當中罪惡之力不斷地在塵世播下混亂和崩潰的種子。在這裏，原罪學說已徹底排除了人類改善生活命運的可能性。對中古世紀的心靈來說，世界乃是一個秩序嚴密的結構。在這種結構下，上帝主宰著世上每一事物，人類根本沒有什麼個人目標；只有上帝的誡命，值得他忠實地服膺。耶教的宇宙觀，提供了一種統一化且含攝一切的歷史圖象。這種神學綜合宇宙觀，個人根本沒

有一席之地。人生在世的目的，並不在於「貪得」，而在於尋求「救贖」。基於這種目標，社會就被看作一種有機性的「整體」（一種神所指引的道德性有機體）；而在這種有機性的整體下，每個人都有他一己的角色。又如從十八世紀以來，以適當、速度和精確為最高價值的機械宇宙觀，經培根（F. Bacon）、笛卡兒（R. Descartes）、牛頓（I. Newton）等人的大力推闡，於今已席捲了全世界的人心。機器儼然佔有了人類生活的全部，而人類的宇宙觀念也因為機器而結合為一。大家把宇宙看成是永世法則，由一位至高無上的技師（神）所推動的一部龐大無比的機器。由於這部機器設計得極為精巧，以至它可以絲毫不差地「運作自如」；而它運動的精確度，可以小到N度來核計。人類對自己在宇宙裏所看到的精確性深感神迷，進而冀圖在地球上模仿它的風采。因此，歷史乃是工程上的一種不斷地實習。地球就像一個龐大的「硬體庫」，它由各色各類的零件所構成，而人類必須將這些零件裝配成一種功能性的系統，並且有永遠做不完的工作。這樣歷史已被視為由混亂而困惑的狀態，邁向井然有序且全然可測的狀態的一種進步旅程；而中世紀追求後世救贖的目標，也成了過時之物。現今，取而代之的是追求今世完美的新理念。在這種機械宇宙觀的啟示下，人類也紛紛展開探索這些普遍法則和社會運作之間關係的工作。如洛克（J. Locke）試圖將政府和社會的運作配合於世界機械模型；史密斯（A. Smith）試圖在經濟領域裏進行類似的工作；而斯賓塞（H.

Spencer) 及所謂社會達爾文主義者 (Social Darwinists) 更試圖把自然淘汰的概念轉變成適者生存的概念，來強化機械宇宙觀 (自利將促進物質福分的增加)，從而促成更高的秩序 (參見雷夫金 (J. Rifkin)，1988：32～65)。但在漢民族卻不是這樣；漢民族的宇宙觀較為單純，它可以用一個「氣化宇宙觀」來概括，所謂「道生一，一生二，二生三，三生萬物。萬物負陰而抱陽，冲氣以為和」(《老子》第四十二章)、「夫混然未判，則天地一氣，萬物一形。分而為天地，散而為萬物。此蓋離合之殊異，形氣之虛實」(《列子》〈天瑞〉注)、「無極而太極。太極動而生陽；動極而靜，靜而生陰。靜極復動。一動一靜，互為其根。分陰分陽，兩儀立焉。陽變陰合而生水火木金土，五氣順布，四時行焉。五行一陰陽也，陰陽一太極也，太極本無極也。五行之生也，各一其性。無極之真，二五之精，妙合而凝。乾道成男，坤道成女。二氣交感，化生萬物。萬物生生，而變化無窮焉」(周敦頤，《太極圖說》)，都在說明宇宙萬有是陰陽二氣「自然」化合下產生的 (這陰陽二氣又預設著自然義的「道」——魏晉人也稱為「無」——或「無極」的先在，本來合稱為「道宇宙觀」或「無極宇宙觀」，但世上一切可見的形質都要在氣化下才發生，所以這裏就逕稱它為「氣化宇宙觀」)。漢民族這種宇宙觀既然以宇宙萬有為陰陽二氣所化，宇宙萬有的起源演變就在「自然」中進行，這不無暗示了人也該體會此一「自然」價值，不必作出違反自然之理的行為。道家向來就是這樣主張的，而儒

家所強調的道德形上學（《孟子》〈盡心〉說「夫君子所過者化，所存者神，上下與天地同流」、「盡其心者，知其性也；知其性則知天矣」及《禮記》〈中庸〉說「天命之謂性，率性之謂道，修道之謂教」可爲代表），也無不合轍（甚至連中古時期，漢民族接納由印度傳來的佛教的「緣起宇宙觀」——宇宙萬有因緣和合而「生」「住」，因緣不和合而「異」「滅」——所顯現的自然因緣生化向度，也是有感於它形如同出一源）。漢民族信守這樣的宇宙觀，所表現出來的多半是爲使自然和人性、個人和社會，以及人和人之間達成和諧融通、相互依存境界的行爲方式和道德工夫（這種行爲方式和道德工夫，已漸漸受到當代西方人的重視，參見劉福增主編，1988：1～24；史賓格勒（O. Spengler），1985：307～325；周陽山等主編，1993：154～165、196～200）。

至於科學，中西方的差異，大家都有目共睹。西方的科學，是奠基在希臘哲學裏面對於理論、理性、真理等觀念的討論，以及「爲知識而知識」的客觀態度上，經過西方近代的發揚，一直到今天，已經遍及全球，成爲普遍的科學。又由於從近代以來，西方的科學越來越趨向於運作性（受機械宇宙觀的啓示或根本就是機械宇宙觀的具體實踐），在理論上和經驗上使得科學和技術成爲在一大系統中交互運作的兩個次系統（技術（tchnè）在希臘時僅指製造（teuchô）和創作（poièsis）之意，而後者是指按照一定的觀念所預見的型式——例如，床的觀念、勇敢的觀念

——，結合在已有的材料上——例如，木料或語言——，而形成某一種物質性或非物質性的產品——例如，一張桌子或一首詩。對於亞里斯多德來說，技術不純粹只是一種運作的程序和技巧而已，它還包含了一種知識，一種行造之知。近代科技發皇以後，技術雖然仍保留著有效運作的程序和行造之知兩方面的意義，但其行造之知已不再連結於任何希臘、中世紀的科學和宇宙觀，而是連結於近代以來日愈嚴格的自然科學。而它有效運作程序和技巧，也由於結合了工業的程序，變成更為運作性和更具有高度的有效性。參見沈清松，1986：31～32），共同推動了當代物質文明的高度發展。這在漢民族，歷來雖然也有不惡的技術呈現（參見李約瑟（J. Needham），1974；劉君燦，1983；蔡仁堅，1983），但始終沒有西方那樣的科學觀念，以至跟西方幾乎是背道而馳（至於近代以來，漢民族接觸西方科技後，想要「急起直追」，這又另當別論）。今人在反省這種現象時，往往自覺或不自覺的從西方中心主義來理解，把近代以來西方科學理論和工程技術的發展跟漢民族並列相比，而得出漢民族所以沒有發生「科學革命」的結論；或者從漢民族傳統封建社會的長期停滯性、封建經濟結構及其政策，以及封建的官僚政治三方面分析漢民族近代科學技術落後的原因（參見李英明，1989：105～123）。這容或含有挽救民族危亡（受到強欺凌、剝削、排擠）的強烈意識和悲憫心態，但對於改變漢民族的觀念卻沒有多大幫助。原因是：漢民族根本沒有西方人那種終極信仰和哲

學、科學等觀念（耶教的信仰和神學體系是希伯萊宗教和古希臘哲學的結合體，而西方近代興起的機械宇宙觀也未嘗脫離一神教信仰的範圍。而從情感上來說，西方人也無不以科學上的發現或技術上的發明，為可榮耀神或上帝的體面事），要如何來一次「科學革命」？更何況「科學革命」後未必能保證人類能過幸福的生活呢（證諸西方人發展科技而導致核彈擴散、能源耗竭、空氣污染、水質污染、環境污染、臭氧層破壞、生態失衡等危機，可以確定不假）！可見今人在看待這個問題上，不但失去準頭或流於浮面，還暗藏了一些盲點沒有解開。這是依據相關語言敘述所作文化次系統的觀念系統的解釋時，連帶要再思考的一個課題。

第四節　語言／文化中的規範系統

　　所謂規範系統，照前面所說是「指一個歷史性的生活團體的成員，依據其終極信仰和自己對自身及對世界的了解而制定的一套行為規範，並依據這些規範而產生一套行為模式，如倫理、道德等等」。這個界定，顯然預設了規範系統是後於終極信仰和觀念系統，而且是後驗的。這可能產生兩個問題：

　　第一，規範系統的「規範性」，固然已表露了它的後驗性質（就是經由後天所規範），但任何一種規範言行所以可能，必然要有相應的心理（精神）條件，而這心理條件不

能盡是後天所形塑的（也就是先天上要有相當的潛能），這就使得規範系統的後驗性質不得不遭受挑戰。

第二，從實際情況來看，一些規範的改變，是在反規範行為（如犯罪行為、暴力行為）出現後被「逼迫」而成的（參見史美舍，1991：235～236；涂爾幹，1988：52～56），這不免會衝擊到終極信仰、觀念系統對規範系統的「指導性」，而形成規範系統也可以「自我完足」的態勢。

這樣一來，前面所作的界定就顯得問題重重。但又不然，前面的界定所顯示的是一個規創性定義，它在經驗上可以檢證，而在理論上也可以修補，這跟規範系統本身的先驗、後驗不屬於同一個層次。由於這裏的論述是要導向一個「啟示性」的結論，如同文化（次）系統的再建構，所以不必像一些後驗規範理論或後設規範理論（參見陳秉璋等，1988；黃慧英，1988）極力去分辨規範系統本身的先驗性、後驗性，以及它所要具備的條件。

以上述這一點作為前提，在論述時還得先說明規範系統所包含的「行為規範」和「行為模式」究竟是什麼。這通常是以「倫理」、「道德」來提稱；但所謂「倫理」、「道德」在表面上固然可以作「『倫理』指的是羣體規範，強調的是行為在羣體間產生的結果；而『道德』指的是個體的品行與德行，其強調個體行為的理由和動機」（伍至學主編，1995：6～7）這樣的區分，而實際上二者是相互關聯、一體呈現的。所謂「宇宙內人羣相待相倚之生活關係曰倫；人羣生活關係中範定行為之道德法則曰倫理」（黃建中，

1990：21)、「倫理有多種不同的說法，但從倫理必須處理道德行爲這一角度去了解，倫理與道德實在可視爲一種同義語。西方的倫理學和道德哲學通常互訓，也是把兩者放在同一基礎上去討論。中國人的人倫或五倫觀念，事實上是用道德實踐去表現，把忠孝仁愛表現在君臣父子夫婦兄弟朋友的規範上」(蕭全政主編，1990：104)、「人對道德律作自由抉擇的態度稱爲倫理或道德 (希臘語作Ethos，往往也指一個民族或一種職業由於特別重視某一價值而形成的某種特殊道德心態；中文『倫理』與『道德』已約定俗成爲同義詞，但也有人加以區分)。肯定客觀道德價值及道德律的自由行動 (倫理地＝morally, ethically) 係善行，違反道德價值及道德律即係惡行。以對象而言，不善不惡的自由行動對倫理是中立的。然而，個別具體情況中的人，其自由行動則往往非善即惡，因爲行動時的意向原非倫理中立，而係或善或惡。倫理方面之善惡，首先屬於自由的意志抉擇，其次屬於由此而產生的習慣，最後屬於道德的主體——位格」(布魯格編著，1989：222) 等等，幾乎都看不出倫理和道德的界限在那裏。而所謂倫理、道德，講白一點，就是建立人際關係所要遵守的理則或法則。有人給「人際關係」界定爲「人類爲了要自求生存及營運創造性、發揮自主性，與其他人所接觸的就是所謂的人際關係」或「人際關係是人類爲維持生存，所從事社會生活的一種活動，亦是最複雜且多元化的一種社會活動」(彭炳進，1995：26)。而從「關係」的層面來說，它可以是集合的關

係（集個人合爲羣體），也可以是對偶的關係（一和一對應或一和多對應），還可以是聯屬的關係（相集合或相對偶的個體或小群體，聯成相隸屬的大羣體）（參見黃建中，1990：24～26）。至於在集合、對偶和聯屬的關係裏，個體和個體、個體和羣體、羣體和羣體還可以再構成對立、互補、序階、包含（隸屬）等關係，這就特別複雜，而需要別爲討論了。

　　一般在不區分倫理和道德的差別時，常以倫理一詞作爲代表或逕以倫理一詞來指稱，而有倫理學專門在討論。據學者的考察，「下列三類問題都被認爲是屬於倫理學範圍下的問題：(1)我是否應該說謊？偷竊是否壞行爲？(2)佛教徒是否不贊成說謊？(3)『應該』、『好』、『對』等字有甚麼涵義（meaning），即當人說：『我應該做這事。』時，他意指（means）甚麼？但是在細察下，這三類問題是截然不同的，第一類屬於道德或規範倫理學（Normative Ethics）的問題，第二類屬於描述倫理學（Descriptive Ethics）的問題，第三類則屬於後設倫理學（Metaethics）的問題」（黃慧英，1988：1）。其中後設倫理學和規範倫理學常被並列或牽扯在一起談，而有所謂「實然」、「應然」一類的道德推理問題作爲它們所要解決的究極性對象（有的認爲實然命題推不出應然命題，有的認爲實然命題可以有條件的推出應然命題，分別參見臺大哲學系主編，1988：121～145；黃慶明，1985：105～207）。但這明顯是西方才有的一套學問，沒有可以跟它相比較的對象，自然也失去解釋的價值（而可以重構文化的次系統）。那剩下的只有描

述倫理學這一部分。

　　描述倫理學所探討的是：某一類人持有什麼道德觀。依照學者的研究顯示，自古以來，人類的道德觀，大約有天道主義的道德觀（如儒家的據天命以規範人倫）、自然主義的道德觀（如道家的依其自然而無所作爲）、禁忌主義的泛道德觀（原始社會，個體受神明或鬼妖支配——巫師或魔術師爲媒介——轉化爲各種傳統、民俗、民德習慣）、社會學家的道德觀（假定社會的存在先於個人的存在，必然會透過社會連帶關係，而產生一種權威或社會期待，最後轉換爲共同的道德規範）、功利主義的道德觀（西方由農業社會到工業社會，道德方面也由涂爾幹的社會個人主義轉爲邊沁（H. Benthem）的純粹個人主義，而產生功利主義道德觀：所有行爲的是非，都必須以其是否能增進人類幸福爲判斷——強調二原則：(1)個人在追求其私利的最大效益時，以不危害社會大衆利益或公共福祉爲原則；(2)爲確保第一原則，立法著應本著大公無私的精神，訂定能夠反映時代和反射社會需求的創意性法律，一方面使個人能夠有效追求最大利益，一方面又能夠確保社會大衆利益或公共福祉不會受到侵害或危害）等幾種（參見陳秉璋，1990：7～60）。在漢民族方面，自然以天道主義的道德觀和自然主義的道德觀爲主脈（其實這兩種道德觀在內在本質上是相通的——見前二節——差只差在彼此表面上的應世策略互有乖違而已），而西方各民族現今幾乎已經全是功利主義的道德觀的踐履者了。

由描述倫理學所衍生的比較倫理學(特指國人所撰)，就專從中西道德觀的差異進行比較而拓展了我們的視野。如一位比較倫理學者綜合歸結出中西道德的不同有五點就是：

　　㈠是政治倫理和宗教倫理：漢民族倫理和政治結合，「《孟子》稱『舜使契爲司徒，教以人倫，父子有親，君臣有義，夫婦有別，長幼有序，朋友有信。』(〈滕文公〉)，《左氏》文公十八年傳則云：『舜臣堯，舉八元，使布五教於四方；父義，母慈，兄友，弟恭，子孝。』……(《尙書》)〈堯典〉又稱『命夔典樂、教冑子；直而溫，寬而栗，剛而無虐，簡而無傲。』〈皋陶謨〉陳九德：『寬而栗，柔而立，愿而恭，亂而敬，擾而毅，直而溫，簡而廉，剛而塞，彊而義。』〈洪範〉列三德：『一曰正直，二曰剛克，三曰柔克。』……蓋政治之大端爲教育，教育之大本爲禮樂，刑法則所以弼教而輔禮，禮施未然之前，法禁已然之後；聖哲在位，以身作則，而民皆化之；其政治重在養成道德之人格，糾正不道德之行爲……是倫理外殆無所謂政治……要皆與宗教殊途」；反觀西方倫理，「初固原於希伯萊之教義、希臘之哲理、羅馬之法典。顧自基督教 (耶教)會興，經院哲學起，糅合以上三種思想而變其質，道德遂專屬於宗教。雖柏拉圖認政治學爲倫理學之一部，亞里斯多德認倫理學爲政治學之一部；卒之政治自政治，倫理自倫理，道德亦遂不出自政府而出自教會……近世雖科學昌明，教育漸脫教會而屬國家；然中小學猶定宗教爲常課，

大學猶存宗教之儀節，即倫理學家著述講論，猶多皈依上帝……近五十年來，歐美始有『倫理運動』（ethical movement），冀脫宗教而獨立，諸倫理學家立會講學，皆主行善不信神；由各地之會聯為全國之會，由各國之會聯為全世界之會，殆有建立新教之趨勢……然影響尚微，未足與基督教會抗，正以其積重難返耳」。

（二）家族本位和個人本位：漢民族「以農立國，國基於鄉，民多聚族而居，不輕離其家而遠其族，故道德以家族為本位」；西方「以工商立國，國成於市，民多戀遷服賈，不憚遠徙。其家庭組織甚簡，以夫婦為中心；子女婚嫁，輒離其父母而別立門戶。父子夫婦，各有私財，權界分明，不稍假借；其財產為個人所私有，非家庭所共有。親將死，得任意處分遺產，或予其子女，或捐諸社會，視遺言而定……彼所謂國家主義、社會主義，實亦莫不以個人主義為根荄」。

（三）義務平等和利權平等：漢民族道德主義務平等，「（《禮記》）〈禮運〉有十義：父慈、子孝、兄愛、弟悌、夫義、婦聽、長惠、幼順、君仁、臣忠。《左氏》襄三年傳所謂君義、臣行、父慈、子孝、兄愛、弟敬……蓋父子、兄弟、夫婦、長幼、君臣，有相對之關係，斯有相當之義務，是之謂義務平等，非謂子孝而父可以不慈，臣忠而君可以不仁，餘皆類是」；西方「自柏拉圖已不以對父之孝，對君之忠，對夫婦朋友之和與信為德本，而歸其本於智；康德派義務之論，又不若邊沁、穆勒輩功利主義之盛。重

以天賦人權之說，胚胎於希臘之斯多噶，句萌於羅馬之習瑟羅，苗達於近世之米爾登（Milton）、洛克、盧騷、耶佛孫（Jefferson），結實於十七、八世紀之英美法三國政治大革命……於是利權觀念，遂淪浹於人人之心。其父子於名分雖非絕無尊卑之別，而法律上一切利權實無差池；其男女於參政權雖非絕對平等，而其他各利權實大致相同；蓋人各自保其利權，而不侵人之利權，即爲道德也」。

㈣私德和公德：「私德指內行言，公德指外行言」。漢民族重私德。而所以「重私德者，亦由家族制度使然耳。《詩》云：『刑於寡妻，至於兄弟，以御於家邦。』（見〈大雅・思齊〉）言德自近暱始也」；西方「雖重個人主義，而個人非勉於公德不能得社會之尊崇；博愛公道，爲其最要之德目。昔在中世，武士以翼教扶弱爲義，貴族以樂善好施爲仁；近世人權平等，公道視慈善爲尤重。人人服務社會，富以財，貧以力，即乞丐亦必以樂歌、圖畫及種種微物末技爲介。其公民道德已在家庭學校養成；愛公物，好公益，不對人咳唾，不厲聲訴諍，不妄折花木，不輕犯鳥獸，坐讓老弱，入守行列；故社會事業極發達，而公共場所有秩序」。

㈤尚敬和尚愛：漢民族家庭尚尊敬，因爲「家庭大，親屬衆多，易生嫌競，不得不以禮法維持秩序，故尚尊敬。《易》〈家人〉之象傳曰：『女正位乎內，男正位乎外。男女正，天下之大義也。家人有嚴君焉，父母之謂也。』……蓋家法之起遠矣」；西方家庭尚親愛，因爲「家庭小，家人

父子之間，簡易無威儀，情易通而嫌難起。子女雖亦出必
告，反必面，游必有侶，歸必以時，而拘束不若中土之甚。
無所謂父子不同席，無所謂嫂叔不通問，無所謂男女不親
授，無所謂兄弟弗與已嫁之姑姊妹女子同席而坐、同器而
食。子女之婚嫁異居者，亦以歲時伏臘及來復日省其父母，
致孺慕之忱；夫婦形影相隨，親暱更不待言。其親子夫婦
相愛之情，必坦然盡暴於外，不似中國人之含蓄而蘊藉；
然愛弛而貌親者實亦有焉」（黃建中，1990：92～100）。

　　類似的說法，也存在其他學者相關的著述裏（見吳森，
1984：13～28；樊浩，1994：35～39；曾仰如，1985：45
～99），它顯然可以幫助我們進一步了解道德在中西社會
裏實際的表現（當然這種比較是概略性的，其中難免有相
互跨越的情況，而且各自也都有負面的成分存在）。不過，
這類說法背後仍然存有一些盲點，如漢民族的倫理和政治
結合而道德以家族為本位，這兩者固然有連帶關係（由家
族倫理推及政治倫理），但西方的倫理和宗教結合，以神或
上帝為依歸，何嘗不是以天下為一大家族（神或上帝是大
家長）？那它也應該是重家族倫理才是，為何是重個人倫
理？今天漢民族所以重家族倫理、政治倫理，是因為漢民
族是一個「橫向」結構的社會（人和人相互依賴——而無
所依賴神或上帝），所以大家就會全力關注「人際關係」，
而「人際關係」的建立又以由近及遠（由親及疏——《孟子》
〈盡心〉「親親而仁民，仁民而愛物」可以為證）為最恰當。
因此，就無所謂家族倫理和政治倫理的必要區分（如論者

(一)、(二)點分立)。至於西方以神或上帝爲最高主宰,每一個人都是神或上帝的子民,彼此只對神或上帝負責(形成一個無形的「縱向」社會),而且相互平等,所以才有表面看到的那些以個人爲本位的作爲。其實,這不過是一種「別有隸屬」(不同於漢民族的相互隸屬)的家族倫理而已。又如漢民族在做到義務平等後,就可享有利權平等;而西方在享有利權平等後,也會要求義務平等(如果義務是指「尊重生命」、「尊重自由」、「尊重品格」、「尊重財產」、「尊重社會秩序」、「尊重誠實」、「尊重進步」之類的話。有關義務的問題,參見謝扶雅,1973:202～209;佛瑞克納(W. K. Frankena),1991:68～79;包爾生(F. Paulsen),1989:409～621),以至彼此的「對立」就是假對立。倘若眞要區別中西方的不同,只能就中西方各自的利權(權利)、義務來作分判,而不能分別拈取一端來作對觀。

另外,還有一種常見的解釋,說漢民族的道德是他律的道德,西方的道德是自律的道德;又說西方的社會是契約社會,而漢民族的社會是道律社會(見黃天麟,1992:99～160;孫隆基,1985:152～174;北島等,1993:109～122)。這在語意上似乎有矛盾(契約社會本要講求他律道德——受制於契約——卻反而講求自律道德,而一個道律社會本要講求自律道德——自我負責——卻反而講求他律道德),而在實情上似乎也不符合。後者,論者曾有一些鮮活的比喻,如:

談論中國人「和合性」的最佳起點，莫如中國人馳名世界的烹調術。中國人之所以產生世界上首屈一指的烹調術，是由於他們能夠將天下種類繁多而氣味各異的食料「和合」於同一碟菜餚中。如果將中國烹調術和西方新教國家（例如美國）相比較，就會發現：後者所能應用的作料，範圍狹小得多；而且，一種肉或一種魚往往只能配一種特定的蔬菜，相當「明文規定化」；此外，肉是肉，菜是菜，兩者截然劃分，彼此並列而不「和合」。因此，美國人的烹調術似乎亦反映了他們的「法治」精神──各個個體之間，必須存在用條文規定的關係，而且「人己權界」劃分得清清楚楚。相較之下，中國人的烹調術就明顯地反映出「和合性」。甜與酸、苦與辣、腥與淡，可以彼此作陰陽調和。陰與陽調和在太極中的原理是：太陰中有少陽、太陽中有少陰。因此，中國烹調術的特色在於相互滲透，而不在於彼此分判。而且，這種「合二為一」的相互滲透，是實踐多於理論的，是可以因機制宜地克服作料的限制，而毋需「公事公辦」的。與西方人的飲食習慣相較，中國人的飲食習慣似乎亦反映出同樣的傾向。西方人在進餐時，是將食物先放在自己面前的碟中，再從中吃食，因此是十分個人主義的。中國人在進餐時，則從共同用膳的碗盤中夾食，而且還往往須硬塞給對方吃，因此似乎在假定自己比對方更清楚其

本人的飢飽狀態，而且有權爲對方決定吃多少（孫隆
　　基，1985:133～134）。

論者以這個來印證漢民族是他律道德的（受制於羣體或依
賴於羣體，較少個性的表現），而西方民族是自律道德的
（嚴分人己界線，有較多個人的自由）。這頗有問題，理由
是：西方人講究人己分明，互不侵犯對方的權利，在言行
上勢必受到更多的限制；反過來看漢民族人人「和合」著
過，彼此不嫌棄，所得到的自由豈是西方人所能想像的（這
可以舉另一位學者的話爲證：「說到自由主義，我更覺得
莫名其妙。我在美國住了十六年，覺得美國人所享受的自
由實在有限。踏上他人院子上的草地，可能犯上了trespass-
ing的罪名而遭罰款。你自己院子裏的草太長不割，可能被
市政府檢控『妨害公共衛生』。做商人的爲了說服顧客而
略把商品吹噓一下，可能犯上misrepresentation的罪名而
被取銷營業牌照。做學生的，可能會因抄襲他人作品而勒
令退學。反觀中國社會──就目前臺灣來說──，商人們
有自由來針對個別情形來開價。司機們有自由來橫衝直
撞，不守交通規則。出版商有隨便翻版的自由。教授們有
興之所至的『離題萬丈』的講演的自由。學生們也有寫論
文時無可奈何而東抄西抄的自由。一言以蔽之，在中國社
會所享受的自由絕不會比一個美國公民所得的自由少」。
吳森，1978：66～67）。又如：

　　中國人常以訂立契約爲對人不信的表現，這是受了縱

式社會以及家庭構造的觀念影響。所以想與對方訂立契約時，常以「契約應該是不必要的了，不過形式上我們還是……。」等等來作爲向對方提出訂定契約的前導，試圖緩和對方的情緒。那麼處處要求訂定契約的西方社會，是不是就是「不信之社會」？有人認爲如此，但也不盡然，筆者認爲這只是社會對「信」的認知之不同而已。東方的「信」多少都要經「同化」的過程，所謂同化是一體觀之表現，家庭是最標準的同化體，夫妻也是同化體，親友雖然在程度上與家族有所不同，在東方還是要求一段同化的過程，眞正的親友關係常常被認爲應達到「你的東西是我的東西，我的東西也是你的東西」的程度，亦則同化現象。東方商談生意，常常需要借重酒店，在交杯言談之中，尋求某種程度的同化，你乾、我乾就是同步的表現，要求的是同化。（西方則各飲各的）。如果能相互投機，往後的生意合作，就已成功了大半。此種現象在日本，尤其顯著。在這一種社會構造下的「信」，自然就排斥了文字化、證據化的契約。西方因注重獨立構造下的「信」的建立，它不要求同化的過程，但要求獨立體的存在與尊重。沒有同化過程的「信」，自然就傾向於契約，在西方契約非「不信」之表示，而是「信」之開始，信守契約就是「信」的本身，所以他們對「契約」的信守遠比東方人爲堅（黃天麟，1992：139～140）。

論者以這個來強調西方的社會是契約社會，而漢民族的社會是道律社會。這是表面的說法，實際上它也是在告訴人：西方的道德是自律的道德；而漢民族的道德是他律的道德。因此，它也難免要現出跟前例一樣「自我矛盾」的現象（信「契約」和信「口頭承諾」，同樣都是「信」，都是道律，無所謂「對立」──但差別只在形式）。

　　上述這些解釋，還隱含著一個問題，就是論者常有意無意的從西方的角度來看（或以西方作為衡量的標準），說漢民族是一個他律的或重義務的民族。但如果改從漢民族的角度來看，我們也可以說西方民族是一個他律的或重義務的民族（以上帝為終極的他律和以服從上帝的命令為終極的義務）。這樣還有什麼可分別（指前面所述那些）的？其實，這只要掌握中西方各自的終極信仰，及其下貫的觀念系統，就可以解釋出彼此規範系統的差異。也就是西方一神教信仰（特以耶教為例）已經給人劃好了位階：人具有雙面性，是一種可上可下的「居間性」動物。但所謂的「可上」，卻有其限度，永遠無法神化；而所謂的「可下」，卻是無限的，且是隨時可能的。由這種觀念，必然一面重視自由意志（緣人都帶有上帝的一點靈明而來），強調「人生而平等」；一面重視法律制度（緣人都有墮落的潛能而來），以便防範人犯罪和規範人的權利義務。這也就是西方人特別講究「互不侵犯」（包括他們在飲食上所表現的那樣「條理化」和「規制化」）的道理所在。正如一位學者所說的：「神是至善，人是罪惡。人既然沈淪罪海，生命最大

的目的便是企求神恕，超脫罪海，獲得永生。這種思想，應用到政治上，演爲淸敎徒的互約論 (covenantal theology)，人的社會乃是靠兩重互約建立，一是人與神之間的互約。一方面人保證服從神意，謹守道德；另一方面，基於人的承諾，神保證人世的福祉和繁榮，在這人神互約之下，人們彼此之間又訂下了進一步的信約，言明政府的目的乃是阻止人的墮落，防制人的罪惡（按：用在個人上，就是互不侵犯，以保障各自所享有的權利）。在這一大前提下，政府的領袖如果恪遵神意，爲民造福，則人民接受其領導，若他們不能克制自己的罪惡性，因而違反神意，背叛信約，則人民可以起而驅逐他，否則整個社會，必獲神譴，而蒙受各種天災人禍」（張灝，1989：9～10）。因此，當我們在面對底下這些全出自西方人自己口中的話，也就不需要感到訝異了：「我們應該假定每個人都是會拆爛汙的癟三，他的每一個行爲，除了私利，別無目的」、「政府之存在不就是人性的最好說明嗎？如果每一個人都是天使，政府就沒有存在的必要了」、「大人物幾乎都是壞人（地位越高的人，罪惡性也越大）」、「權力容易使人腐化，絕對的權力絕對會使人腐化」（同上，14、18引漢彌兒頓 (A. Hamilton)、麥迪遜 (J. Madison)、阿克頓 (L. Acton) 語）。至於漢民族，以人爲陰陽二氣中的精氣偶然聚合而成；因爲是「偶然聚合」，不定變數，所以承認人有「智愚」、「賢不肖」、「貧富」、「貴賤」、「窮達」、「壽夭」、「勞心勞力」等等不平等現象（這也使得漢民族在某種程度上

能「忍受」別人的壓抑、剝削等待遇；甚至在當今有意向西方看齊，勤學人家的民主制度，卻因「內質」難變，而導至顛躓學步的窘境)。又因爲是精氣所化，人神相通(漢民族祭神以人所吃食物爲媒介，正是將神比人而人通神的明證——這在西方一神教信仰中將神或上帝視爲「全能」而不需食物「奉獻」，二者顯然不可同日而語)，所以人要關注橫向的人際關係，而有許多相應的道德規範(如前舉五倫、十義之類)產生，以及爲不同身分地位的人「量身裁衣」，賦予必要的權威，以維繫社會生活的秩序化運作(至於漢民族的善於烹調和「和合式」的進食方式，基本上也是爲「潤滑」人際關係而有意無意發展出來的——古代皇宮膳食多爲討好皇帝一人，現今民衆宴客仍以美食招徠，都可以爲證)。這理當是透過語言敍述而作規範系統的解釋時一個無從取代的模式，否則都不免流於「皮傅之論」！

第五節　語言／文化中的表現系統

　　表現系統，在前面的定義中，是「指用一種感性的方式來表現」一個歷史性的生活團體的成員的「終極信仰、觀念系統和規範系統」，如文學、藝術等等。有關終極信仰、觀念系統和規範系統這些成分，已經分別論述過了，剩下就是那「感性的方式」究竟是什麼的問題。這點在原論者那裏，也沒有多作說明，只約略提到：「在芸芸衆生當中，

藝術家的心靈最爲敏銳，正如一把銳利之刀，最易於游刃於時代的感受之中，但同時亦最易於折刃受損。由於藝術家敏於感受，善於表現，因此最會在其活動和作品中來顯示出時代文化與人類精神的一般處境。爲此，並不一定只有寫實傾向或參與型的藝術家才會表現時代處境，任何藝術家即使不直接用藝術語言來反映政治和社會，亦會表現出這些一般處境」（沈清松，1986：90）。好像「感性的方式」是不證自明就存在於藝術（含文學）中，而「表現」一詞也很自然的表現於他所作的敍述裏，其實，事情並不是這麼單純。

學術上所說的「感性」，主要是屬於認識的範圍，「指感官對感覺之接受能力，透過它，人才能和物質世界相遇。感性把握到的是個別（個體）及具體的事物；它本質地是接受的，卻並不只是被動的，而是在接受時具有塑造力。依康德批判哲學的說法，感性卻只具純粹的接受性，它使我人與對象相遇時獲得一些直觀，思想即以此爲基礎。感性在時間與空間二個主體形式之下受到限定（康德稱之爲感應＝Affektion）；但僅由感性，對象本身尚未顯示出來，僅顯示出對象如何使感性受到感應。以較爲廣泛的意義而言，感性概念包括想像力，因爲想像力必須顯示於感性中始能展示出對象」（布魯格編著，1989：481～482）。這種認識官能，經常被認爲跟人特有的抽象及推理的思想官能（理性）相對立（同上，309）；彼此所形成的知識，至少有三點不同：(1)理性知識的對象是普遍、抽象的概

念，而感性認識的對象是特殊、具體的個物；(2)理性的知識是比較高級的，感性的知識是比較原始的；(3)理性的知識是清楚、明白的，感性的知識雖可清楚，但卻不是明白的(劉昌元，1987：1引萊布尼茲（S. Leibniz）說)。雖然如此，兩種官能並非可以截然的劃分，它們可能或根本就像康德（Kant）所說的一個是另一個的基礎（除了上面所述，較詳細的討論如一位學者所整理的「(康德) 從感性基礎，建立其直覺觀。他指出：『自吾人為對象所刺激之樣式以接受表象之能力，名之為感性。對象由感性而給予吾人，且僅此感性使吾人產生直覺；直覺由悟性（understanding）而被思維，並由悟性而生概念。』又說『經由感覺與對象相關之直覺，名之為經驗。』『此感性純形式本身又可稱之為純直覺。』『感官或感覺之無實際對象而屬於純直覺者，僅係一感性形式先天存於心中。』康德並發現有兩種感性直覺之純形式，作為先天的（a priori）知識原理者，即空間與時間」，姚一葦，1993：44)。因此，它們的對立只是程度上的，而不是本質上的。這樣一來，所謂「感性的方式」也就沒有被獨立強調的必要（因為「理性的方式」也要以它為基礎──換句話說，「理性的方式」中就含有「感性的方式」），自然「表現系統」也看不出它有別於其他系統的特殊性。

　　分析到最後，會出現這樣的結局，並不意外。因為感性和理性分居官能系譜的兩端，中間的模糊地帶一定是它們的交集；正是這個交集的存在，使得感性和理性的區分

成爲徒然。其實,「感性的方式」只是一個偏提,重點還在「表現」上。也就是說,可以用不同於終極信仰、觀念系統、規範系統那些直陳的形式的形式來呈現,以顯示表現系統的「表現」本事。關於這一點,要從「表現」本身談起。「表現」一詞,在大家長期的使用中,已經是一個歧義詞:

> 我們心裏先有一種已經成就的情感和思想(實質),本沒有語言而後再用語言把它翻譯出來,使它具有形式。這種翻譯的活動通常叫做「表現」(expression)。所謂表現就是把在內的「現」出「表」面來,成爲形狀可以使人看見。被表現者是情感思想,是實質,表現者是語言,是形式,這就流行語言習慣對於「表現」的定義……美學家克羅齊把流行語言所指的「表現」叫做「外達」(léstrinsecayione),近於托爾斯泰,Abercrobie 和 Richards 諸人所說的「傳達」(communication)。依他看,就藝術本身的完成說,傳達並非絕對必要,必要的是在心裏直覺到一個情感飽和的意象,情感與意象猝然相遇而忻合無間,這種遇合就是直覺,就是表現,也就是藝術……此外在康德以來的形式派美學中,「表現」還另有一個僻狹的意義。形式派美學家通常把藝術分爲「表意的」(reptesentative)和「形式的」(formal)兩個成分。表意的成分是訴諸理解的,可引起聯想的,有意義可求的,如圖畫中的人

物和故事以及詩中的意義。形式的成分是直接訴諸感官的，不假思索而一目瞭然的，如圖畫的形色分配以及詩中的聲音節奏。「表意的成分」有時被形式派美學家稱爲「表現」，看成與「美」(beauty) 對立，「美」完全見於「形式的成分」……形式派美學家有時也沿用流行語言所給的「表現」的意義，比如說「純粹的形式不表現任何意義」。這麼一來，「表現」一個名詞弄得非常曖昧（朱光潛，1981：91～93）。

在這種情況下，我們還想使用「表現」一詞，也許要像分辨上述各種用法的學者那樣來個重新界定：「如果說『語言表現思想』，就不能指把在先在內的實質翻譯爲以後在外的形式，它的意思只能像說『縮寫字表現整個字』，是以部分代表全體……分析到究竟，『表現』一詞當作它動詞看，意義只能爲『代表』(represeat)，當作自動詞看，意義只能爲『出現』(appear)，當作名詞看，意義很近於『徵候』(symptom)」（同上，97）。所謂「代表」、「出現」、「徵候」等等，都成了「表現」的同義詞。在這裏，基於論說的方便，要讓「表現」帶有表演呈現的意思（而不只是現出表面來或傳達出來這一普通義），有別於直接陳述。換句話說，終極信仰、觀念系統、規範系統都是直接陳述的，而表現系統是將終極信仰、觀念系統、規範系統加以表演呈現的。這種表演呈現，是一個「加工」的過程，有內在的曲折，在第一層次上可以區別出比喻和象徵兩種形態。

因此，在相對義上，凡是以比喻或象徵的方式來表演呈現終極信仰、觀念系統、規範系統的，都可以歸為表現系統，這樣我們就不必像某些學者那樣左支右絀的為「表現」和它同類概念（如再現、反映等）的分合關係窮作辯解：「就藝術家和他的作品的關係來看，我們可以說他的作品是他的情感的表現；但藝術家所表現的情感又只能是他對現實的反映，所以從他的作品對現實的關係來看，表現和再現一樣是對現實的一種反映。超現實的表現不過是唯心主義者的幻想」（劉綱紀，1986：325）。這（唯物主義的講法）我們也一樣可以質疑它的用意和可能性，而使得所作的辯解全然白費心力（如反映／再現或表現，就一般的理解，都大有問題，參見周慶華，1996b：25～67）。

把表現系統較為明確的界定為以比喻或象徵的方式來表演呈現終極信仰、觀念系統、規範系統，它的支系通常都指著文學和藝術（或大多都指著文學和藝術）。不過，除非個別談論，否則大家就只以藝術來概括，而底下再分實用藝術（如建築、園林、工藝、書法等）、造型藝術（如繪畫、雕塑、攝影等）、表演藝術（如音樂、舞蹈等）、綜合藝術（如戲曲、戲劇、電影、電視等）、語言藝術（如詩歌、散文、小說等——合稱為文學）或分時間藝術（如音樂、文學等）、空間藝術（如繪畫、雕刻、建築、書法、篆刻、工藝等）、綜合藝術（如舞蹈、戲劇、電影、複合媒體等）（參見彭吉象，1994；亞德烈（V.C. Aldrich），1987；虞君質，1987；孫旗，1987；郭育新等，1991；陳瓊花，

1995）。文學就在藝術的範疇裏。當然，這樣的劃分都不可能達到理想的地步（且看前後兩種劃分互有出入，就可以意會種類或類型的區別所隱含的困難），它只在個別的論述脈絡裏有意義。如果可能的話，這裏還是暫時將文學和藝術分開討論（這時藝術就特指文學以外的其他門類）。

目前有一種講法，跟本論述爲表現系統所作的界定很不相類：「人與世界接觸，因關係層次底不同，可有五種境界：(1)爲滿足生理底物質的需要，而有功利境界；(2)因人羣共存互愛的關係，而有倫理境界；(3)因人羣組合互制的關係，而有政治境界；(4)因窮研物理，追求智慧，而有學術境界；(5)因欲返本歸眞，冥合天人，而有宗敎境界。功利境界主於利，倫理境界主於愛，政治境界主於權，學術境界主於眞，宗敎境界主於神。但介乎後二者的中間，以宇宙人生底具體爲對象，賞玩它的色相、秩序、節奏、和諧，藉以窺見自我的最深心靈的反映；化實景而爲虛境，創形象以爲象徵，使人類最高的心靈具體化、肉身化，這就是『藝術境界』。藝術境界主於美」（宗白華，1987：3）。這說藝術（按：論者以它包括文學）「創形象以爲象徵」、「主於美」等等，都是「事實」（藝術運用比喻、象徵技巧，就是爲達審美效果），但說它跟其他幾種境界無涉而自成一種境界，那就不明白藝術終究是要表演呈現其他幾種境界的（這一）底蘊了。因此，這裏不可能逸出去理會這種講法或順著這種講法再「曲爲演繹」。另外，像「任何主體，將其對客體世界所認知或體驗而得的個別性或特殊

性情感，經由內在意識與心靈的活動過程，轉化爲一般性社會情感與思想，再透過任何符號與象徵而予以表現或傳達出來，使第三者能夠從主體情感的再現與認同，而獲得快感與美感的工作或活動，是爲藝術……藝術的範疇與內涵，只不過是社會共同生活與社會學活動（sociological activities）的反射而已，而且，後者所追求的社會共同情感經由某種形象與形式而表現或表達出來時，就成爲一般所謂的美」（陳秉璋等，1993：8～12）這類含糊了表現系統所要表演呈現的對象的講法（文中「社會共同生活」、「社會學活動」等等都嫌空洞），也一樣是本論述所難以認同的。

接著仍然像前幾節的作法，以中西方作爲對照系來看各自的表現系統到底有什麼特色。這得先聲明一點，表現系統固然是在表演呈現終極信仰、觀念系統、規範系統，但在底下的論述中，只能約略的就某些取向（包含「表現」的技巧）來作對比，而無法一一的去檢驗彼此所內蘊的終極信仰、觀念系統、規範系統。以文學來說，最常見的區分是：漢民族爲抒情傳統（以《詩經》、《楚辭》一脈相承的傳統），西方爲敍事傳統（以荷馬史詩、希臘戲劇一脈相承的傳統）。雖然漢民族也不乏以「奔迸的表情法」、「迴盪的表情法」寫就的作品（可以比擬西方史詩的「雄偉」或西方戲劇的「波瀾壯闊」）（參見梁啓超等，1981：87～180），而西方史詩或戲劇中也含有韻律優美的頌詞、警語或合唱歌詞，甚至還有專作的抒情小品（可以比擬漢民族

的抒情詩），但那終究是各自文學傳統中的別調。理由略如一位學者所說的：

> 合唱歌詞在希臘悲劇中並沒有居於主要地位，並沒有像中國抒情詩在元明戲劇中那麼獨佔鰲頭；中國每一部元明戲劇幾乎是幾千幾百首名詩組織起來的。荷馬式的頌詞或警句並沒有佈滿了整篇史詩；反觀中國抒情詩，在傳統小說中它幾乎到處都是。有一點很有趣，那便是希臘哲學和批評精神把全副精力都貫注在史詩和戲劇上，那麼貫注以至於亞理斯多德在他的《詩論》第一章第六、七節裏說，用抑揚格、輓歌體或其相等音步寫成的抒情詩「直到目前還沒有名字」。另一方面，希臘史詩和戲劇又迫使當時的美立克詩（Melic Poetry）放不出光采，所以當希臘人一討論文學創作，他們的重點就銳不可當的壓在故事的佈局、結構、劇情和角色的塑造上。兩相對照，中國的作法很不同。中國古代對文學創作的批評和對美學的關注完全拿抒情詩為主要對象。他們注意的是詩的音質，情感的流露，以及私下或公眾場合中的自我傾吐。的確，聽仲尼論詩，談詩的可興、可怨、可觀、可羣，我們常不敢斷定他講的是詩的意旨或詩的音樂。對於仲尼而言，詩的目的在於「言志」，在於傾吐心中的渴望、意念或抱負。所以仲尼著重的是情的流露。情的流露便是詩的「品質說明」（陳世驤，1975：35～36）。

中西方文學現象有這樣的差異，有人認為是緣於中西方文學思想的不同，所謂「中國文學表現和諧，西洋文學表現衝突」、「中國文學長於表現自然，西洋文學長於表現人性」、「中國文學比較含蓄，西洋文學比較暴露」的論斷（姚朋等，1987：392～410），就是一個典型的模式。至於中西方的文學思想為何會有不同，這就有兩種不太相類的解釋，一種是說中西方的民族性不同：「朱光潛在〈長篇詩在中國何以不發達〉一文中說得好：『西方民族性好動，理想的人物是英雄；中國民族性好靜，理想的人物是聖人。』把動靜兩字來形容東西民族性的不同，原不過是程度上的差異，因為沒有一個站得住的民族，不向前活動的，但是中國的民族性終是偏於靜的方面多，是消極過於積極的，是陰柔勝於陽剛的，林語堂謂其『頗似女性，腳踏實地，善謀自存，好講情理，而惡極端理論。』這一種民族性，在文藝方面的影響，最是顯著。羅素（B. Russell）說：『西洋的浪漫主義運動，引人向熱血沸騰的路上走去，在中國文學史上，據吾所知，是沒有類似這一回事情的。中國古樂，有的確是很美！但其音調靜穆，若非洗耳恭聽，萬萬辨別不出來。在美術上，中國人力求其細膩，在生活上，則力求其近情。他們絕不崇拜那無情的偉男子，也絕不讓那熱烈的情緒表現在外，不受節制。』」（梁啟超等，1981：1～2）一種是說中西方的信仰不同：「我們的先人根本沒有所謂『原罪』的觀念，而西方文學中最有趣最動人也最出風頭的撒旦（Satan, Lucifer, Mephistopheles or the Devil)，也是中國式的想像中所不存在的。看過《浮士德》、《失樂園》，看過白雷克、拜倫、愛倫坡、波德萊爾、霍桑、麥爾維爾、史蒂文森、杜思托也夫斯基等十九世紀大家的作品之後，我們幾乎可以說，魔鬼是西方近代文學中最流行的主角。中國古典文學裏也有鬼怪，從《楚辭》到李賀到《聊齋》，那些鬼，或有詩意，或有惡意，或亦陰森可怖，但大多沒有道德意義，也沒有心理上的或靈魂上的象徵作用……在西方，文學中的偉大衝突，往往是人性中魔鬼與神的鬥爭。如果神勝了，那人就成為聖徒；如果魔鬼勝了，那人就成為魔鬼的門徒；如果神與魔鬼互有勝負，難分成敗，那人就是一個十足的凡人了……中國文學中人物的衝突，往往只是倫理的，只是君臣（屈原），母子（焦仲卿），兄弟（曹植）之間的衝突……西方文學的最高境界，往往是宗教或是神話的，其主題，往往是人與神的衝突。中國文學的最高境界，往往是人與自然的默契（陶潛），但更常見的是人間的主題：個人的（杜甫〈月夜〉），時代的（〈兵車行〉），和歷史的（〈古柏行〉）主題……中西文學因有無宗教而產生的差別，在愛情之中最為顯著。中國文學中的情人，雖欲相信愛情之不朽而不可得，因為中國人對於超死亡的存在本身，原來就沒有信心。情人死後，也就與草木同朽，說什麼相待於來世，實在是渺不可期的事情。〈長恨歌〉雖有超越時空的想像，但對於馬嵬坡以後的事情，仍然無法自圓其說，顯然白居易自己也只是在敷衍傳說而已……在西方，情人們對於死後的結合，是極為

確定的。米爾頓在〈悼亡妻〉之中，白朗寧在〈展望〉之中，都堅信身後會與亡妻在天國見面。而他們所謂的天國，幾乎具有地理的真實性，不盡是精神上象徵性的存在，也不是〈長恨歌〉中虛無飄渺的仙山……我的初步結論是：由於對超自然世界的觀念互異，中國文學似乎敏於觀察，富於感情，但在馳騁想像，運用思想兩方面，似乎不及西方文學；是以中國古典文學長於短篇的抒情詩和小品文，但除了少數的例外，並未產生若何宏大的史詩或敘事詩，文學批評則散漫而無系統，戲劇的創造也比西方遲了幾乎兩千年」（古添洪等編著，1976：134～137）。前一種解釋顯然是不太徹底的解釋（它還要接上類似後一種解釋的解釋才算「完整」），後一種解釋大致可以接受，只是它沒有繼續說明漢民族為何沒有西方那種宗教信仰。似乎只有將漢民族所有的陰陽精氣聚合化育宇宙萬物及無從離開人倫而別為關注的觀念——指出後（詳見前三節），才能解釋漢民族的文學所以專在表演呈現諧和自然、綰結人情等事件上。

　　再以現今已被歸在文學範圍的神話為例，中西方很明顯有不同的表現：「希臘之神話中，多言神人之衝突，神之播弄人……人由神造之歷程，在希臘及猶太教神話中，亦皆有極詳細之描寫。凡此等等，皆足證在他方宗教中，神高高在上之超越性與人神距離之大……中國古代神話中，有關於大禹治水之神話，有后羿射日之神話，有夸父追日之神話，有嫦娥奔月之神話，有共工氏怒觸不周之山

而天柱折之神話，有女媧氏鍊石補天之神話，有倉頡造字『天雨粟，鬼夜哭』之神話，有神農嘗百草之神話，此皆為人力勝自然，補天之所不足之神話」（唐君毅，1989：29～30）。這正是中西方有宗教信仰和沒有宗教信仰的差異所致。前者（西方）因為以神或上帝為主宰，所以才有戀神情結和幽暗意識的存在（戀神而不得，必致怨神，所以有人神衝突；而人有負罪墮落，不聽神遣，所以會遭神懲罰播弄）；後者（漢民族）沒有唯一主宰的觀念，所以才會有那些「人化」的神話被用來共補天地人間的「缺憾」。

　　至於藝術方面，除了媒材有所不同，它的內質或精神大體上也跟文學相似，體現為中西方兩種頗有差距的類型：「一般認為，中國傳統美學強調美與善的統一，注重藝術的倫理價值；西方傳統美學則強調美與真的統一，更加重視藝術的認識價值。中國傳統美學強調藝術的表現、抒情、言志；西方傳統美學則強調藝術的再現、模仿、寫實」（彭吉象，1994：79）。所謂表現（按：在論者的用法中意為表達思想情感）、抒情、言志和再現、模仿、寫實，是兩組形態互異的類詞，分別概括了中西方的藝術傳統。如果以抒情和模仿為代表，那麼漢民族的藝術始終以抒發內在精神為主調（近代以來有發展出西方藝術形態的，另當別論），而西方的藝術即使演變到現代的前衛藝術（包括象徵主義、表現主義、超現實主義、未來主義、荒誕派、抽象派、立體派、達達主義等藝術流派，參見波奇歐里（R. Poggioli），1992；契普（H.B. Chipp），1995），也仍以模

仿外在理念或外在世界爲能事（格林伯格（C. Greenberg）
說：「前衛藝術爲了尋找絕對的形式，所以便出現了『抽
象』或『非具象』的藝術……藝術家企圖創作一些利用其
本質而達到圓滿完美的藝術，以模仿上帝創造自然一般，
又像是自然風景——不是圖畫中的風景——所呈現出來的
美感一般，他們要表現一些早已存在，不用創造，並具有
獨特意義的東西」，格林柏格，1993：6）。因此，在西方藝
術中，「如中古時期高聳雲際之教堂……近代之羅丹、米西
爾朗格羅之雕刻，大力盤旋，賦頑石以生命。貝多芬、華
格納等之交響樂，宛若萬馬奔騰，波濤澎湃。今日西方，
有數十百層之高樓……皆可引動人之深情；使人或覺一不
可知之力之偉大，或覺此心若向四方分裂而奔馳，或登彼
人生之歷程，以上升霄漢而下沈地獄，恆歸於引出一宗教
精神中之解脫感、神祕感、人生道德價值之尊嚴感」（唐君
毅，1989：299～300）；而在漢民族藝術中，不論是園林建
築，還是歷代工藝品、書畫、音樂、舞蹈、雕刻，都「不
重在表現強烈之生命力、精神力」，卻「富虛實相涵及迴環
悠揚之美，可使吾人精神藏修息游於其中，當下得其安頓，
以陶養其性情」（同上，302～317）。前者如不體察神或上帝
創造一切的偉大進而模仿祂的風采，如何經常有那樣「驚世
駭俗」的表現？而後者如不發現人只能在天地間生息並跟
同類相濡以沫，又如何隨時有這樣深富「人情味」的表現？
由終極信仰、觀念系統、規範系統下貫到表現系統，可見
是一條不可取代的解釋通路。至於中西方藝術又各有其審

美技巧，可以別爲賞玩，這自然不在話下，只是現在已無暇多作討論（可參見姚一葦，1985；郭繼生，1990；門羅 (T. Munro)，1987；呂天明輯，1982；孫慕康，1968；劉思量，1992；王林，1993；邱永福，1988；趙惠玲，1995；陳淑娥編，1984)。

第六節　語言／文化中的行動系統

在文化的次級系統中，要屬行動系統跟人最有「切身」關係，它無時無刻不暴露在人所能直接經驗或直接觀察的範圍。雖然如此，它也並不是孤零地存在，而是由終極信仰、觀念系統等一貫而來的。根據前面所說，行動系統是「指一個歷史性的生活團體的成員，對於自然和人羣所採取的開發或管理的全套辦法」。這似乎並不預設行動系統是緣於終極信仰、觀念系統等等。其實不然，任何一個歷史性的生活團體所能想出的開發自然或管理人羣的辦法，很少或根本不可能不受到該生活團體所有的終極信仰、觀念系統等等的制約。就以原論者另一段論述爲例：

> 就行動系統而言：中國自古即有各種自然技術和器物的發明，藉以勘天戡物，亦有一套完備的官僚體制，藉以組織和管理社會。但是，中國傳統的自然技術並非以控制自然爲目的，而是爲了發揮人的創造力，透過技術的接引來媒介人和自然，以建立人文化成的世

界。換句話說,中國傳統技術是一種生命導向的技術,而非權力導向的技術。中國傳統技術不是爲了控制和壓榨自然,而是爲了配合自然之創進,發揮人與自然的共存關係。在今天,西方的重權力、講控制之技術已經造成了許多環境問題,破壞了生態的平衡,中國傳統重視人與自然的共存關係的生態科技精神可能是未來世界的科技發展所應具備的。此外,中國式的社會工程,以德治爲上,禮治次之,法治又次之,因而法治精神遲遲未立。在人事管理上,亦是偏重和諧而忽略效率,因而難以適應現代化社會之需要。如何發揮中國文化在德治、禮治和和諧精神方面的長處,而避免並彌補其在法治和效率方面的短處,是今後中國文化在社會行動方面的一大課題(沈清松,1986: 235～236)。

這段話中除了論及漢民族要從法治、效率方面進行補強的工作,才可望趕上現代化社會的脚步,未必有效,也未必眞屬必要(漢民族管理人羣和開發自然是相通的——西方民族也是,今後如何向西方推銷生命導向的技術,又要向西方學習管理人羣的辦法呢),其餘都可看出行動系統跟終極信仰、觀念系統等等的密切關聯性(所謂生命導向、和諧人事等等,都是漢民族傳統的觀念和信仰。當然,行動系統——尤其是技術部分——的高度發展後,又會反過來影響改變終極信仰、觀念系統等等,參見沈清松,1986:

59～165；劉君燦，1986：146～147)。

　　開發自然和管理人羣，本來就是人類為求生存所要面對的兩大基本的課題，而各種技術的發明和制度的設計，也都是基於因應生存的需要和生存環境的變遷而有的。只是有關制度的設計方面，可能會涉及某種程度的神祕性。有人逕稱它為政治「祕思」(political myths)：「我們此處主旨，蓋在說明以人治人的政府果如何而形成。為便利起見，不妨將人們的設計辦法，大別為兩類，即可稱為『技術』與『祕思』。所謂技術，係指形形色色的設計與技巧，使人更能隨心所欲，用以處理事物乃至處理人們，俾得減輕勞苦，增加收穫，擴大滿足，保持利益，降服敵人，克服自然，增進智識等等。一項技術乃是一項求知方法，根本上亦即是一項控制方法。……所謂祕思，係指人們素所抱持，包含著具有價值意義的種種信念與想像。凡此種種信念與想像，或則使人們有所遵循而生活著，或則使人們抱持希望而生活著。每一個社會，其所以能支撐維持，全憑一個祕思體系——亦即一大堆具有支配力量的思想型式——在決定著並且支持著此一社會所有一切的活動。一切社會關係，整個社會組織，是由祕思所誕生，是由祕思所維繫」(浦薛鳳，1984：16～17引馬歧味 (R.M.Maclver) 說)。其實，所謂的祕思，說穿了，不過是一套制度背後整體在支持它的終極信仰、觀念系統等等而已。值得注意的是，「每一個文化，每一個時代，每一個民族國家，各自獨有其一大堆錯綜複雜的特殊祕思體系。在此祕思體系之

中，蓋即蘊藏著社會種種和諧一致與連綿繼續的祕密關鍵，而每一大堆祕思體系之遞嬗變遷，實即構成每一社會之內幕歷史真相。人們不論住居何處，遭遇如何，總是圍繞著自己織成一個祕思網，正猶飛蛾蝴蝶，織成其裹身的繭囊。每一個人在其所處整個團體大網之中，又復各自組織其互有差別的小網」（同上，17）。因此，以彼律此，或以此衡彼，就不是一種可稱道的作法。

這裏還是以中西方作為對照系，看看彼此的行動系統究竟是什麼樣子。先談開發自然的技術部分：所謂技術，通義上，「指的是製造和工具的使用：工具、器材和機械」（國立編譯館主編，1989：239）。但從自然科學開始引導技術的演進後，「技術的概念獲得了比製造和利用器材更廣的意義。技術方面在所有人的活動上已經發現了。因而我們談到了足球、藝術、宣傳和廣告的技巧。在心理學上，我們談論交談和發表演講的技巧。在這裏，特別有利的是『技術』一詞在羣眾面前演講的雙重意義。首先，涉及到適宜的明智之演講，涉及到呼吸和擴音器技術上的正確使用；其次，涉及到演講內容的正確分段。在這裏，我們能很清楚地看出『技術』一詞的意義，如何被我們加以擴大」（同上，240）。如果是這樣，本論述一定無法處理得很妥當（不可能兼顧各種技術）。因此，只好侷限在製造和工具的使用一義上（它連本章第三節所提到在古希臘時代還有「創作」一義也得略過），而它是針對開發自然而說的。

中西方開發自然的技術，在近代以前，並沒有太大的

差距。但從近代以來，西方技術的進步，一日千里，漢民族「遠瞠其後」。綜合的說，西方技術有下列八項突破：

㈠農業技術：包括農業機械化、生產專業化、培育良種、化肥和農藥的廣泛應用、利用微生物生產牲畜飼料和人類食物等等。

㈡能源技術：包括開發傳統的能源（如煤炭、石油、天然氣、水力發電、熱電等）和開發、利用新能源（如原子能、受控熱核聚變能、太陽能、地熱、風力、潮汐等）。

㈢材料技術：包括生產新品類材料（如鹵化銀膠片、塑料唱片、磁帶、陽極射線管屏幕和複合材料石墨纖維及硼、碳纖維等）和生產合成材料（如塑料、合成橡膠、合成纖維等）。

㈣計算機技術：包括發明巨型、微型、網絡、智能模擬等計算機（電腦）。

㈤激光（雷射）技術：包括生產激光熱武器和發明激光通訊（又分大氣光通訊和光纖維通訊）。

㈥空間技術：包括製造應用衛星（如偵察衛星、地球資源衛星、氣象衛星、通訊衛星、科學衛星等）、宇宙飛船、太空梭等等。

㈦遺傳工程技術：包括發展出分子生物學（用類似工程設計的方法，把一種生物體內的脫氧核糖核酸分子分離出來，經過人工重新組合，再安放到另一種生物體的細胞裏，從而創造出新的生物品種）和深入研究細胞的分化、生長發育、腫瘤發生等重大課題。

(八)傳感器技術：包括研發生產能代替人五官的視聽觸三覺的傳感器、能檢出超越人五官的高能狀態的高溫高壓的傳感器和許多跟可見光及紅外溫度等有關的傳感器（參見孟爾熹等編，1989：245～260）。

的確是「漪歟盛哉」，漢民族沒有一樣可以相比擬。

有人曾經以是否並重科技的經驗和理論一點，來解釋這種差異：「中國科技的重經驗實用在文藝復興時代引起法蘭西斯‧培根的倡經驗歸納（按：論者認為漢民族的紙、指南針、火藥、印刷術、尾軸舵、車輪船、輓馬術等古科技，在蒙古人西征時被帶到西方，培育了西方文藝復興的氣候），補了希臘文明只重理性思考的不足，但中國科技只重經驗實用，少卻理論概括，卻難以建構成抽象的邏輯系統。所以中國的科學著作，如《墨經》、《考工記》、《天工開物》、《夢溪筆談》、《物理小識》等都只有簡單的歸類，如分天象類、器用類等，至於每類中就只有一條一條『條目式』的現象或理論說明，無法像牛頓力學的有清晰的、數學的、邏輯的和『系統的』解釋或描述，因此縱然事實羅列，卻不是合邏輯化的歸納與演繹……由於欠缺事實需求與理論概括這相互為用的平衡心態，中國人在無演繹與歸納這方法論下，始終無法整合百工，匠人的形而下技術性的實用傳統，與士人形而上的玄學傳統，也正因為欠缺了數學性的系統，遂使中國科技文明停滯不前，與伽利略後的西方文明相比就越來越瞠乎其後了。並且因為這樣，所以中國古代科學只是一種經驗的，『累積型的』，經常被

隱逸遺忘的不連續性科學，中國的科學家也大都是彗星式的，一閃就不見了，中國的科技傳承也大都只有『祖傳祕方』這一條路，極易失傳」（劉君燦，1983：87～89）。這當然有相當程度的可信；只不過漢民族沒有並重科技的經驗和理論而發展出類似西方近代以來的物質文明，未必是漢民族不知道這麼做，也可能是漢民族不願這麼做（因漢民族特有的觀念和信仰使然）。還有從西方的角度來看，漢民族沒有那麼複雜而多變貌的科技，顯然是一種重大的落後；但如果改從漢民族的角度來看，要那麼多科技幹嘛？它又保證了人類的什麼樣的生活？因此，這不是進步和落後的對比，而是逐漸要證實的盲目和不盲目的對比（西方科技可能永遠解救不了它自己所帶來的種種後遺症──詳見本章第三節）。

其次談管理人羣的技術部分：人是「社會化」的動物，過的是羣體生活；而有羣體生活，自然有羣體問題或社會問題。人類要解決這些問題，所以設計種種「理想」狀態或方法，以調適社會環境（論者總括這些為「社會思想」──較具體的說明，可以下列這段話為準：「社會思想不外乎社會上個人或少數人對於與他人共同生活或社會問題的思想。我們可以說，社會思想的對象應該是有關人類社會共同生活及其問題的事項，社會思想就是有關人類社會共同生活及其問題的思想」。龍冠海等，1987：11～12）。這也就是前面所說的社會技術或社會工程。而照理所謂社會技術或社會工程，應該包括政治、經濟、社會三部分（政

治涉及權力的構成和分配；經濟涉及生產財和消費財的製造和分配；社會涉及羣體的整合、發展和變遷，以及社會福利等等問題），分別有政治學（參見曹伯森，1985；張金鑑，1985；呂亞力，1994）、經濟學（參見徐育珠，1987；歐陽勛，1987；吳永猛等，1990）、社會學（參見楊懋春，1981；蔡文輝，1984；朱堅章等，1987）在討論。不過，從一個較為具體可見且具有統合性的技術面來說，政治制度無疑是我們優先要注意的。

將政治制度視為管理人羣的主要技術（制度是可運作的，如同技術一般），這有兩個理由：

第一，政治和社會本是一起被考慮的（根據一項研究顯示：社會理論研究的是社會，政治理論研究的是國家。「社會」一詞，在希臘文是koinonia，在拉丁文是societas或communitas，其原義都是連結或統一的意思。而「國家」一詞，在希臘文是polis，在拉丁文是civitas，其原義則是指城邦或團體。兩詞在古義上的相近性並非偶然，因為在西方古典政治理論或實踐哲學中，國家和社會是完全同一的。兩者的分化，使得社會成為一獨立的理論範疇，是相當晚近的事。陳榮灼等編譯，1986：1），如今雖已獨立為兩個範疇，但在談論社會時，仍無可避免要涉及「組織」或「政治組織」這一重要課題（參見張華葆主編，1985；謝高橋，1986；張德勝，1987），可見政治對社會的走向，具有相當的決定力。而經濟所展現的，不外以最有效的方法去運用和組合有限的資源，俾使人類食衣住行育樂等各

種需求更能獲得如願以償的滿足（參見徐育珠，1987：4）；
而這個推動力，主要來自政治體系的運作。

　　第二，即使社會和經濟不跟著政治走（有不相干或相
反的情況：如社會的變遷，包含人口、心理、家庭、文化
各次系統、制度等因素的變化，而政治所能影響的層面可
能有限；又經濟的發展或成長與否，也未必跟政治的穩定
或進步與否有關。參見龍冠海，1987：337～350；史美舍，
1991：568～570），但實際的社會活動和經濟活動都不好
捉摸，而政治還可以政策在某種程度上影響社會和經濟的
「運作」。因此，以政治制度作爲重心來進行思考，應該是
沒有什麼疑問的。

　　政治，普遍被認爲是管理（一國內）衆人的事的總稱。
不過，也有人刻意去區分「政」和「治」的不同：「所謂
政治，實可劃分爲『政』與『治』兩部分。扼要言之，『政』
是法令，是目的，是內容，而『治』是實施，是手段，是
方法。每個國家有其特殊的爲『政』，而其所以能致『治』
之原因，應當絕對相同。各種政體，儘可不同，但在各種
政體之中，能致『治』或導『亂』的原理，自是一律。例
如守法風氣，必爲致治條件之一，在君主政體時代如此，
在民主政治國家，亦復如此」（浦薛鳳，1984：22）。不論
如何，它都有一套制度在運作（所謂制度，是指持久設立
的組織。參見布魯格編著，1989：283）。這在中西方各有
不同的考慮，有人指出「吾國政治思想主張for the people
固然不遺餘力，而關於by the people，縱是最開明的學者

亦未提到。雖有『天視自我民視，天聽自我民聽』之言，但用那一種方法，以確定『我民視』、『我民聽』，卻沒有一位學者提出實現的方法。此蓋西洋政治思想創始於古希臘，而古希臘則爲城市國家，其政治制度爲直接民主制。人口增加，直接民主制無法實行。但中古末期，學者因見教徒會議採用代表制，遂主張政治方面亦可採用代表制度。不問直接民主制也好，間接民主制也好，大凡決定問題，均以多數人的意見爲標準。吾國自有史以後，均係大國，直接民主制當然不能實行，而又缺乏代表觀念，因此，間接民主制也不見於歷史之上。民主政治是以多數人的意見爲標準，吾國先哲率先反對『多數』，而主張『賢明』。蓋『民不可與慮始，而可與樂成』（《商君書》第一篇〈更法〉，儘管後人反對商鞅，而商鞅此言卻深入人心。韓非說：『視聽不參，則誠不聞，聽有門戶，則臣壅塞』（《韓非子》第三十篇〈內儲說上・七術〉）。韓非之言即劉向所謂『兼聽獨斷』（《說苑》卷十三〈權謀〉），兼聽可以塞臣下之蒙蔽，獨斷可以防臣下之弄權。這都是爲君打算，不是爲民打算。何況既兼聽了，自應以多數人的意見爲標準，然而吾國古人思想又謂多數的未必賢明，賢明的未必多數」（薩孟武，1986：1）。這說到西方的政治向來採行民主制（不論是直接民主或間接民主），而漢民族的政治向來採行君主制。大體上都合於「事實」（參見楊幼炯，1980；張金鑑，1989；浦薛鳳，1984；張金鑑，1970）；但它接著解釋民主制是緣於古希臘城市國家爲方便採行或不得不採

行，這就難以使人信服。因為一個城市國家，它可以實施民主制，也可以實施君主制，我們想要知道的是它為什麼要實施民主制而不是君主制？以城市國家作為前提，是無法用來解釋這種現象的。它仍然得溯及西方對神或上帝的信仰（或預設）和人生而平等並防止濫權等等觀念，才能確立民主制的必然存在（否則後來西方的聯邦國家也未必會沿用民主制）。同樣的，漢民族所以採行君主制，也不是因為它是大國的關係，而是沒有神或上帝的信仰，以及沒有平等、均權等等觀念所致。再說「吾國先哲率先反對『多數』」云云，它也會遇到另一系列材料解釋的挑戰：「說到『民主』思想（demorcracy）在西方是個人主義，民本主義的產物。而在中國早有人本思想的存在。《禮記》所謂『人義』、『人利』、『人患』，漢人所謂『人德』、『民德』，由自然人推及社會人，人權與民權思想早已開通。而『天下為公』的理想，正表示了這是自由、平等思想（按：論者所謂的自由、平等，跟西方所謂的意志自由、生而平等並不等同，它比較傾向於境遇自由、機會平等之類），早由帝堯時代開端了。國父稱〈擊壤歌〉為自由歌即如此。《尚書》稱：『民為邦本，本固邦寧』（〈五子之歌〉）。又云：『匹夫匹婦不獲自盡，民主罔與成厥功』（〈咸有一德〉）。更明顯指出民主精神。又云：『謀及卿士，謀及庶人，汝則從卿士，從庶人是謂之大同』（〈洪範〉）。正是民意政治，輿論政治之先聲。《周禮》云：『一曰詢國危，二曰詢國遷，三曰詢立君』（〈小司寇〉），也是尊重民意的。那麼孔子在

〈禮運〉中強調『選賢與能』如此提出。《孟子》主張『賢者在位，能者在職』，主張『民爲貴，社稷次之，君爲輕』亦在此。《孟子》的『國人皆曰賢然後察之，見賢焉然後用之』和『國人皆曰可殺然後察之，見可殺焉，然後殺之』（〈梁惠王〉）。都取決於民主方式公民意志（按：論者所謂的民主，只有詢問取向，跟西方所謂有參與表決權利的民主大不相同）。所以，民權思想早已具備了」（黃公偉，1984：11～12）。這些重民意的解釋和不重民意的解釋的背後，都預設了「賢治」的必要性，可見它們只是「賢主」可用的兩種手段（參見徐復觀，1985：413～430；余英時，1988：1～46），並不會影響到漢民族的政治由君主制轉爲民主制。論者沒有發現相對材料的存在（而作了片面的解釋），那只能說論者根本還不曾掌握其中的分寸，才會發生這類解釋上的漏洞（漢民族所以倡導或期待「賢治」或「聖治」，基本上也是緣於漢民族只能關注人際關係，而人又有智能上的差等，於是必須設計一個「賢者」或「聖者」在位的政治體系，這跟西方只有唯一的神或上帝可以仿效而設計一個大家「共治」的政治體系，顯然有極大的差別，由這裏也可以意會漢民族的「對話」所以呈現一面倒的形態，全是肯定或預設了「聖知」的存在——對「聖知」者的言說不能多所質疑，而人在某種情況下也會「自居」爲聖知而阻絕別人的反詰——反觀西方以「眞理」源於神或上帝，所以會不斷去爭辯誰找到了「眞理」或乾脆放棄尋找「眞理」。至於「對話」時，彼此所遵守的禮貌原則和合

作原則，也可以類推得知其中差異的原因）。

　　從近代以來，漢民族在西方文化強力的衝擊下，也開始要走上西方所走過或正在走的「政治民主」、「經濟自由」、「科技領航」等等的「現代化」道路（參見金耀基等，1990；李亦園等，1985）。其中政治現代化和經濟現代化部分，到現在還走得步履蹣跚，自然不必多說（漢民族很難學好西方的管理方式或遊戲規則，況且西方的管理方式或遊戲規則也問題重重。參見成中英，1995；郭崑謨，1990；黃光國，1992；黎安友，1994）。而以工業化為主的科技現代化，問題更多。如科技現代化所預設的不外是：西方民族或種族優越感、視科技現代化為一世界性和必然性的時代潮流、科技優越或萬能主義的思想、把科技現代化等同於進步主義來看待等等（參見陳秉璋等，1988：29〜30）。但這不只無法驗證，還有誤導的嫌疑（驗諸許多第三世界國家或社會實施科技現代化的結果，幾乎要瀕臨崩潰和破產的邊緣，可以確定這點。同上，42〜43）。又如科技現代化帶來了生態環境的破壞、能源的枯竭、核武恐怖等等後遺症，至今仍沒有人能想出有效的辦法來挽救（只能偶爾作些消極的抵制或小規模的控制。參見雷夫金，1988；張建邦等，1996；萊昂（D. Lyon）等，1988）。漢民族既然要實施科技現代化，受西方宰制和參與了現代化噩運的行列等等後果絕對免不了。換句話說，科技現代化是一條不歸路，而漢民族正隨人腳跟的走在它上面。

第四章　語言／文化的新興學科

第一節　文化語言學思潮

文化是語言的別一解釋，而文化又可以分為終極信仰、觀念系統、規範系統、表現系統和行動系統等五個次系統，這在前面已經一一作了說明和處理。接著理當再為這樣的說明和處理作一些後設的反省，讓它通過當前這一被稱為「後現代」的情境的考驗。而在進行這件工作前，不妨先來回應一下目前正在中國大陸流行的「文化語言學」新思潮。

當今在中國大陸流行的文化語言學，也稱作語言文化學，它是把語言和文化結合起來研究所形成的新學科。根據學者的考察，把語言和文化結合起來研究的風氣，早在十九世紀上半葉就開始了：德國語言學家洪堡特在著名的論文〈論人類語言結構的差異及其對人類精神發展的影響〉（《論爪哇島上的卡維語》緒言，長達三百五十頁）中首次討論了語言結構和人類精神的關係。到了本世紀初年，美

國的人類學家鮑阿斯和他的兩個學生克膚伯、薩丕爾，以及薩丕爾的學生沃爾夫致力於調查美洲印第安人的語言和社會，創立了人類學語言學。在歐洲稍晚些時候，英國的社會人類學家馬林諾夫斯基曾在太平洋的美拉尼西亞羣島上研究過土著的語言和社會。繼上述歐美學者之後，西方繼續有人利用人類語言學的方法分析諸如親屬結構之類問題。近年來則有人採用生成語法的某些概念來分析宗敎儀式或別的人類文化行爲……而最早試圖把中國的語言和文化結合起來研究的學者，是一些西方的漢學家，如法國的格拉內、馬伯樂，美國的勞佛，他們在本世紀初曾發表多種有關論著。法國漢學家的研究重點是漢語和漢人思維、邏輯的關係，試圖拿漢語的特點證明漢人心智的特殊性……在三〇年代，中國的一些民族學家開始對語言和文化的關係問題，進行實地調查，羅香林、劉錫蕃、徐松石三人先後都有重要的著作發表。特別是徐松石的《泰族壯族粵族考》和《粵江流域人民史》，材料豐富，創見甚多，其中也不乏涉及語言學的內容……三〇年代末至五〇年代，國內許多語言學工作者曾在西南地區大規模調查研究少數民族的語言和社會，但已發表的把語言和文化結合起來研究的著作還很少。羅常培曾著《語言與文化》一書（一九五〇年出版），可說是中國文化語言學的開山著作。八〇年代，游汝杰、周振鶴受羅書的啓發，撰成《方言與中國文化》（一九八六年出版），初步探索了方言和中國文化的種種關係（邵敬敏主編，1995：9～11）。於是開始展露了中

國文化語言學的雛形。而從八〇年代中期以來，大陸一批中青年學者更高舉著中國文化語言學的旗號，著書立說，僅僅十年左右時間，就出版了六、七十部著作，發表了上千篇論文，在語言學界內外引發了強烈的反響（同上，前言2)。有人總結這一波思潮的來由說：

> 文化語言學之所以在八〇年代中期產生，這絕非偶然，有其廣闊的社會歷史背景以及深刻的語言學發展的內在因素。從外因上講，這是受國際上以及國內其他學術界「文化」熱的影響，試圖溝通語言與文化的內在聯繫，從而重新確認語言本身的文化價值；從內因上講，這是對前若干年漢語學界偏重於形式研究，熱衷於結構主義語言學的一種反思，試圖擺脫舊理論模式的束縛，在文化、社會、歷史、心理等方面獲得深層的詮釋。因此可以毫不誇張地講：文化語言學的誕生是中國現代語言學發展的一種歷史必然（同上，81)。

另外，有人從學科本身所具備的條件來談它的起因：「文化語言學中國潮在當代的湧現是必然的。這是因為語言中也包括在漢語中，本來就存在著豐富的文化蘊含。這種文化蘊含主要表現在三個方面；其一是語言以及文字並非一個孤立系統，它處在一個更大的共時與歷時的社會、文化背景之中，語言文字及其各部分的產生、變動、擴展無不受到共時與歷時的社會、文化、人文地理以至民族交往的

影響甚至制約，二者之間存在著不斷的相互滲透、相互影響、相互交換的關係。其二是語言乃是人類須臾不可離開的交際工具和思維工具。一方面言語及言語交際行為和文字使用必然帶有使用者（民族、社會階層、地域社區、家庭以及個人）的某種文化特點，而這種文化特點又在某種程度上說明著並進而影響著使用者對世界的解釋或認識；另一方面語言的交際功能和文字形式的符號功能在時間和空間上的擴大、縮小以至消失也必然受到社會的制約或選擇，其中隱含著許多社會、文化的深刻原因。其三是從人類學角度來看，語言系統本身就是一種文化，而且是一種從傳統的狹義文化看上去的廣義文化，它隱含著人類創造語言的某種意識或潛意識，而這種意識在語言結構中的分布是非均質的，或多或少，有顯有隱。可以說，這三個方面既是文化語言學產生的原因，又是文化語言學研究的視角」（同上，序2）。不論這是不是一種「歷史必然」或「理論必然」，從這一學科被大陸學者強力推出以來，儼然有要「收攝」眾學科的態勢，所謂「文化語言學一問世就呈現它令人目不暇接的豐富性：方言與歷史人文地理，言語交際中的社會、文化背景和民族心理，語法與漢民族文化心理結構的深層通約性，漢語言史與漢民族文化交融史，古漢字與先民的意識特徵，訓詁與文化闡釋，古代音樂、詩律與古聲調，古代詞彙研究與人類學，《說文》詞義系統與中國古代哲學，上古漢語與秦人邏輯，語義範疇的文化價值，修辭的文化意義，漢字改革的科學性與民族性，雙語

與雙文化……幾乎中國現代語言學的每一個分支都可以打開一個引人入勝的文化視界」（申小龍，1994：557）。這也可以看成是論者將許多有關的研究成果引為文化語言學的「同類」（不一定是有意在進行「收編」）。還不只是這樣，對於未來將要展開的某些相關的研究，論者也自期為文化語言學的使命：「文化語言學將研究和開發漢語在我國新技術革命和改革開放的現代化進行中的功能，具體包括人機對話、人工智能、中文訊息處理、機器翻譯、情報通訊、檔案管理、科技用語、語言法制、推廣標準語、漢語資源開發、對外漢語教學中的語言問題及社區文化、雙語與雙文化問題，使我國在建成社會主義經濟強國的同時，成為語言強國」（同上，570）。這雖然還沒有獲得大多數人的共識，但一股文化語言學熱顯然已經被炒起來了。

在這股文化語言學熱中，大陸也曾召開過一些相應的學術研討會，如一九八九年有首屆全國語言與文化研討會、武漢地區首屆「語言與文化」學術討論會，一九九一年有第二屆全國語言與文化研討會，一九九二年有全國第三屆社會語言學討論會也以「語言與文化」為主題；中國語言與文化學會於一九八九年成立；一些雜誌，如《語文導報》、《漢語學習》、《北方論叢》等為文化語言學提供爭鳴的園地（此外，還有一份以宣傳漢語漢文化為基本宗旨的國際性雙語刊物 *The Journal of Macrolinguistics* 在英國創刊，使得以語言和文化相結合為特點的漢語語言學正在走向世界。參見邵敬敏主編，1995：281），直接間接的

推動了文化語言學思潮的進展。當然，也有學者嘗試在為文化語言學「正名」，如「就筆者所知，西方學術界並無文化語言學（暫英譯為Cultura Linguistics）這樣的學科名稱。而西方有人類學語言學（Anthropological Linguistics），它是本世紀初產生的，是人類學的一個分支。這個當年的新學科的人文生態環境是美國學術界研究美洲印第安人的社會和文化的需要，印第安民族沒有文字，更無文獻，要研究這樣的民族必須從語言入手。傳統的人類學語言學即是以研究無文獻的後進民族的語言和文化為目的。文化語言學的人文生態環境則大不相同，並且它的研究旨趣、範圍和方法也不同。它不僅可以研究沒有文字的語言和文化，更重要的是，它企圖研究有豐富的歷史文獻的語言和高度發達的文化。例如，它研究中國音樂的樂調與漢語的聲調的關係，研究中國歷史上語言的同化和反同化的矛盾。人類學語言學是文化語言學的基礎。如果我們仍然把文化語言學稱作人類學語言學的話，那麼可以說，文化語言學是人類學語言學發展的一個新的階段」（同上，11～12），還有「美國的拉波夫（W. Labov）在六〇年代所倡導的社會語言學，對於當時追求純形式研究的語言學是一個重大的革新。它的宗旨是在語言集團的社會環境中，在共時的平面上研究語言運用的規則和演變，試圖建立能夠解釋這些規則和演變的語言學理論，例如，研究紐約百貨公司中r音的社會分層、黑人英語的語法特點等。在拉波夫以後，社會語言學還研究語言與社會歸屬、語言與種族偏

見、語言與社會改革、雙語現象和雙語教學等問題。筆者
認為，文化語言學和社會語言學至少有三點重大的不同之
處：(1)社會語言學研究的重點是語言使用的規則，即人們
在社會交際中如何使用語言……文化語言學的重點是從文
化背景出來，來解釋某一種語言或方言的自身特點（包括
宏觀的和微觀的）及其使用特點……(2)社會語言學只研究
當代的語言現象，文化語言學也研究歷史上的語言現象
……(3)社會語言學並不試圖利用語言學知識研究別的人文
科學，也不試圖藉助多種人文科學來幫助解決語言學問
題。文化語言學試圖把語言學和別的人文科學結合起來，
既從文化學的角度研究語言，又用語言學知識幫助解決鄰
近學科的有關問題」（同上，12～13）。文化語言學跟人類
學語言學、社會語言學等等既有交涉，又有歧異，而因著
歧異，就（姑且）稱它為文化語言學。因此，文化語言學
者所受的影響或所得到的啟發，自然也是多方面的。如有
人評論一位文化語言學者中，有這麼一段話：

> 在文化語言學所謂的三大流派中（按：三大流派，詳
> 下節），申小龍是起步稍晚的一個，但其勢頭和影響卻
> 超過了另外兩家。可以說，國內和海外的許多人是在
> 讀了申小龍的著作後才知道中國有所謂的「文化語言
> 學」的。他是文革後第一代大學生，畢業後師從著名
> 語言學家張世祿，專攻漢語史，相繼獲碩士、博士學
> 位。申氏在學期間主攻語法學，因此一開始就深入到

語言結構這一語言的本體中去。從來源上說，申小龍的文化語言學得益於幾個方面：一是以張世祿為代表的某些海派學者對《馬氏文通》以來漢語語法研究的嚴厲批判。二是郭紹虞從修辭出發研究語法的獨特方法，特別是郭氏關於音節和詞組在漢語結構中作用的深刻見解，顯然對申小龍有著比羅著《語言與文化》直接得多的影響，因而使他的文化語言學有著與陳、游兩家完全不同的重點與格局。三是西方人類語言學家如洪堡特、薩爾丕等人的某些學說。除了這些之外，申氏還得益於他本人深厚的傳統文化素養，因而使他得以提出「文化通約性」這些與眾不同的命題（同上，280）。

這麼確鑿的影響論，當然無法一一去求證（雖然該文化語言學者也曾在一些著作中提到部分影響源，見申小龍，1993；1994。何況這還可以反過來看作是該文化語言學者不滿上述各前行學者的講法，才力倡文化語言學的），只能相信它理當合有或不該沒有（所以這樣論斷，還有一個理由，就是該文化語言學者得有相應的智慧和識見，才能開拓這個領域。否則為什麼其他接觸同樣訊息的人也不少，獨獨他先跨出這一步？因此，光一個影響論是不足夠解釋這種現象的）。

　　大陸的文化語言學者，雖然可以找出許多理由來支持文化語言學這一新學科的成立，但他們對「文化語言學」

的本身卻又說解不清，如「語言的產生意味著燦爛多姿的人類文化的誕生，文化和語言可以是共生的。語言是文化的產生和發展的關鍵，文化的發展也促使語言更加豐富和細密……語言和文化的發展雖然是互相促進的，但是語言的型式和文化的型式卻基本上是平行發展的，兩者之間並不存在互相制約的關係……語言本來屬於文化的範疇，不過在文化現象中它是比較特殊的，所以我們把它獨立出來，討論它與文化的關係」（周振鶴等，1990：1～2）、「語言是文化的重要組成部分，在這個意義上，它是文化大系統內一個子系統，然而這個子系統又有其特殊性，即它在結構上清晰地表達出文化上的定點，它提供了決定說話者概念世界的分類系統，一句話，它是該文化系統的一種典型形式，它對整體的文化系統能夠產生決定性的影響，它包容文化的一切，涵蓋文化的一切……語言對文化的這種涵蓋力，首先是因為語言與人類的社會行為融為一體……語言對文化的包容一切的涵蓋力，又是因為語言既是文化產生和發展的關鍵，又是文化傳承和獲得的必由之路……正由於語言與人類社會行為融為一體，語言是文化產生、發展、傳承、獲得的必由之路，所以語言能夠巨細無遺地從整體上反映一個民族的全部歷史、文化，各種遊戲、娛樂，各種信仰、偏見」（申小龍，1993：203～205）、「文化語言學，介於文化學與語言學之間，它既不研究語言本身，也不研究文化本身，而是著眼於兩者的關係及其相互影響。因此要它同時承擔起研究語言或文化本身的任務，是

不公平，也是不現實的。目前，人們從各個角度探討語言與文化的關係，從而形成好些不同的觀點，這在科學研究上，尤其是一門學科初創階段是完全正常的現象。代表性觀點是認為語言包括在文化之內，是文化的一部分。有人說：『語言顯然可以包括在「文化」之內，不過語言在文化中佔有特殊的地位，它不僅是文化的組成部分，而且是人類文化誕生和發展的關鍵，又是文化傳播的工具。』也有人說：『語言是文化的符號，文化是語言的管軌。』『嚴格地講，語言和文化不是一般的並列關係，而是部分和整體的對待關係，或者說是點面對待的一種特殊並列關係。文化包括語言，語言是文化中一種特殊的文化。』我們認為這樣的命題是自相矛盾的，語言不可能既是文化的工具，又是文化的有機組成部分。語言與文化相互交叉，相互滲透，形成血肉相依的關係。但是，它們畢竟是兩碼事。語言是文化的最重要的載體之一，文化是語言最重要的屬性之一。語言與文化的產生並非同步，它們的發展也不並行，而且，它的各自的內涵與外延也不相同，因而，它們既不是並列關係，也不是點面關係，而是兩者局部交叉滲透關係」（邵敬敏主編，1995：84）。不論是「語言是文化的組成部分」說，還是「語言是文化的載體」說，都禁不起「深求」（詳見第一章第一節），而使得這門學科所預設的要「結合語言和文化來加以研究」的宗旨變得不可能。換句話說，他們所說的「文化」無不是以語言形式存在，而他們所用來解釋「文化」的也無不是語言，這樣就無從

區分誰是語言、誰是文化。因此，只得像本書一樣，把文化當作是語言的別一解釋，才能自圓其說。而文化語言學，就是將語言專作文化解釋所形成或所建構的一門學科。

第二節　文化語言學的基本論點

　　前面提到有學者在爲文化語言學作「正名」的工作，但比起底下這一說法，它又顯得不夠徹底：「人類學一般分爲體質人類學和文化人類學，前者以自然屬性的人類的進化發展爲研究對象，後者則以社會屬性的人類的文化心理爲研究對象。文化人類學與語言學相結合便形成了人類文化語言學。西方一般叫人類語言學，中國則叫文化語言學，它們各自產生的時代背景、社會基礎、研究目的以及側重面都不相同，因而兩者存在著明顯的差異，形成各自的研究特色。但從本質上講，凡是文化總是屬於人類的，而人類之所以區別於其他生物，正是由於它具有社會文化屬性。因此，中國的文化語言學與西方的人類語言學，是相同的種子在不同季節不同土壤裏開出來的花朵。我們既要看到它們之間的種種差異，也要承認它們之間本質上的同一性。當然，爲了顯示中國文化語言學的特色，特別強調它與西方人類語言學的不同，這是完全可以理解的，但如果因此而斷言，這是完全不同的並行不悖的兩門學科，則難以令人信服。由於人類學的調查與語言材料的不足，在中國，至今還沒有產生真正的人類語言學，它的部分任

務已由文化語言學承擔下來了，只是中國目前的『文化語言學』是深深地打上了『漢語』的烙印，因此嚴格地說，只能說是『漢語文化語言學』，還不能說是『中國文化語言學』或者『文化語言學』」（邵敬敏主編，1995： 83）。這除了預設「文化」的先在（而不是「文化」為人所命名和賦予內涵），會干擾到論說的有效性，其餘都蠻「實在」的。也就是說，當今大陸學者所倡導的文化語言學，還要冠上「漢人的」（論者冠上「漢語（的）」，怪怪的）三字，才是名副其實，不然它會被誤以為也包含其他族裔或社羣的語言／文化成分。

目前在大陸流行的文化語言學思潮，「雖然大家打的都是『文化語言學』的旗幟，但實際上在一系列理論、原則、方法上存在著很大的分歧，並已逐步形成了中國文化語言學的三大流派：以游汝杰為代表的『雙向交叉文化語言學』，以陳建民為代表的『社會交際文化語言學』，以申小龍為代表的『全面認同文化語言學』。游汝杰等的開創立功、陳建民等的新思路、申小龍等的衝擊波在不同程度上都對中國文化語言學的建設起到了積極的促進作用。但是，這些研究目前僅僅只能說是不同的流派，還不是什麼學派，因為從整體上看，研究的理論和方法還不夠完善與成熟，有的比較膚淺，有的甚至漏洞甚多，具體研究成果還比較少，有的更是雷聲大雨點小。有人把這三種不同流派分為三個層次，『文化認同派』的研究歸為高層次，『文化參照派』的研究則屬於低層次，而『文化表現派』則為

最低層次。這種提法不僅違背客觀事實，有自我標榜之嫌，而且不利於各個流派的團結與相互促進，因而極大多數同志對此是不贊同的」（同上，81）。三大流派比較具體的情況，分別是游汝杰「他的最早一篇論文〈從語言地理學和歷史語言學試論亞洲栽培稻的起源和傳布〉發表於一九八〇年，這是他把方言（和民族語言）研究與文化相結合的最早嘗試，同時也顯示出了他的文化語言學的特色。一九八五年游汝杰和周振鶴合作發表了〈方言與中國文化〉一文，這是提及文化語言名稱的第一篇文獻。一九八六年周振鶴和游汝杰合作的《方言與中國文化》出版，爲文化語言學的研究提供了一個範例。一九八八年，游氏又發表〈宋姜白石旁譜所見四聲調形〉一文，作者自認爲《方言與中國文化》是從語言研究的樣品，而本文是從文化研究語言的樣品。正如作者在《方言與中國文化》一書後記中所呼籲的，要建立『文化語言學』『語言文化學』兩門『燦然可觀的學問』，他主張從語言到文化，又從文化到語言這樣雙向交叉的研究，因而被稱爲『雙向交叉文化語言學』。一九九〇年，邢福義主編的《文化語言學》出版，這是國內最早的文化語言教材之一，其中比較徹底地貫徹了雙向交叉的文化語言學觀」（同上，279～280）；陳建民的「語言與文化研究多少循著社會語言學的路子。從陳氏研究語言與文化的處女作、發表於一九七九年和〈地名小議〉中，即可看到這方面的影子。陳氏七〇年代專門研究口語，由於『在對漢語口語本身和口語表達進行調查研究的同時，常

常接觸到漢民族的心理素質、思維方式、社會風習和傳統習慣」，因而走上了『從文化背景和社會背景出發研究語言』的道路。陳氏於一九八四年為中國社會科學院的研究生開設『文化語言學』課程，在國內是最早的。一九八七年發表〈文化語言學略說〉，提出了他對文化語言學的構想；一九八九年出版《語言文化社會新探》，集中代表了他的文化語言學觀。該書主要涉及語言與社會、語言與心理，最後幾章還寫進了作者對漢語句型與口語交際的研究所得，顯示了他的文化語言學的特色，因而被人叫做『社會交際文化語言學』。一九八六年出版的劉煥輝的《言語交際學》，從廣義來看，也可視作文化與語言研究的一翼，與此類似的還有耿二嶺的《體態語概說》（一九八八）等」（同上，278～279）；申小龍「於一九八六年發表〈語言研究的文化方法〉，正式提出他的漢化學語言主張之後，便一發而不可收，五、六年內出版了十餘部專著和一百多篇論文，形成了一股不大不小的『申小龍旋風』，在學術界引起了強烈反響。申氏理論的核心是以所謂漢語的『人文性』與西方語言研究的『科學主義』相對立。申氏認為：『所謂人文性是指漢語與西方語言相比較，在分析和理解上更多地依賴人的主體意識和人文環境，而較少形式上的規定，這種人文性具體表現在漢語的彈性實體、流塊建構和神攝方法上。從彈性實體上看，漢語語詞單位的大小和性質往往無一定規，有常有變，可常可變，隨上下文的聲氣、邏輯環境加以自由運用，增省顯隱。從流塊建構來看，漢語

的句子於句讀頓進之中顯節律，於循序漸行之中顯事理，將聲氣和語法脈絡有機協調地結合起來。從神攝方法來看，漢語語法注重以神統形，語句的表達功能涵蓋結構模式，語詞的語義內容涵蓋句法功能。』對申小龍的這種語言觀，語言學界大多數人持保留態度，有些人則提出了激烈的批評，如陳炯、伍鐵平、邵敬敏等。可以預料，對於這一問題以及有關問題討論的深入展開，必將大大推進漢語語言學的發展」（同上，280～281）。雖然如此，大陸八〇年代類似文化語言學的語言和文化研究的數量，比我們所想像的還多得多（包括關於漢字文化的研究、民俗語言學的研究、漢字文化和民俗學研究、外語教學和對外漢語教學、從文化和語言相結合的角度來闡釋文學作品、少數民族語言和文化的研究，以及在地名學、人名學、避諱學、修辭和文化、音韻和文化、訓詁和文化等等許多方面，都有難可估計的研究成果。同上，281～284），只是口號沒有喊得像文化語言學那麼響亮，以及尚未像文化語言學那樣獲致來自各地「驚奇」的眼光。

　　撇開文化語言學跟本書在語言和文化關係論點上的歧異，純就大陸學者所賦予文化語言學的性質來說，下面這段論述，約略可見一斑：「我們很同意這樣一種說法：文化語言學屬於解釋語言學的範疇。這句話至少有三層含義：⑴它不屬於描寫語言學，與描寫語言學有著根本不同的研究目的、對象、範圍。解釋是在描寫基礎上進行的，沒有描寫也就無所謂解釋；反之，解釋又將進一步推動更

高層次的描寫，然後作出新的解釋。這種螺旋形的循環上升正反映了語言學研究由低級向高級發展的進程。因此，描寫與解釋都是具有層次性的，不能籠統地講，描寫是低層次的，解釋是高層次的；或者片面地講，描寫只是研究的初級階段，解釋才是研究的高級階段；(2)解釋語言學要對各種語言現象進行追根究柢的解釋，因而必須調動人類所有的知識，包括自然的與人文的，人文的又包括社會的、歷史的、文化的、心理的等等，因而描寫可以也應當是多側面的，解釋同樣也可以也應當是多側面的。文化是解釋所要依據的一個重要側面，但解釋語言學的內涵相當豐富，如果狹隘地把解釋語言學僅僅理解為就是文化語言學，那實際上恰恰是取消了文化語言學獨立存在的價值，同時也抹殺了其他語言學的客觀存在；(3)文化語言學是文化學與語言學的交叉學科、邊緣學科，既可以從文化到語言，也可以從語言到文化進行雙向研究，相互驗證，以彌補各自研究的不足。有人不適當地誇大了它的作用，把『文化語言學』說成是『在新的歷史條件下，基於對漢語特點的深刻反思和對中國文化的強烈認同而建立了一門新學科，又是一個包括社會語言學、民族語言學、心理語言學、語言民族學、語言人類學在內的大學科。』如果以為文化語言學可以囊括一切，成為一門無所不包的大語言學科，這種想法本身就是學術上不夠成熟的表現。歷史上曾不止一次地發生過夜郎自大的笑話，有人總是有意無意地貶低其他學科，總是編織種種神話來證明別的學科應該從屬於

他所研究的那個學科，這種盲目拔高本學科的做法，最終總是以失敗而告終，因為從根本上講，它違背了科學分工的系統觀，而且無視本學科自身的特點」（同上，82～83）。不論這段論述中所夾帶的對別派文化語言學者有關文化語言學的主張的批判是否有效（人人都可以賦予文化語言學不同的內涵——因為文化語言學不是先驗的，以至論者沒有十足的理由分派別人的不是），都可以發現文化語言學所著重的是以文化作為依據而形成的解釋性語言學，或者說是以文化為解釋的中心所成立的新科語言學。

對於這一新科語言學的特色，也有人作了勾勒（或說在賦予或進行規範）：「今日的研究應當是在當代科學意義上的研究。當代科學的特點之一，是系統整體觀。它把某一科學對象看成是一個系統、一個整體，而系統之整體值並不是內部成員簡單相加之和。它把該對象與周圍看成是一個更大的系統，而且將對象置於這更大系統中加以研究。當代的文化語言學研究也正體現著這一特點，它自覺地將語言對象置於一個更大的社會人文背景中去觀察，從考古，從人文地理，從社會歷史，從語言形式等多方面去研究，從而完整地托出一個多彩而豐滿的語言……當代科學的特點之二，是科學主義與人文主義之間的相互對立開始適度地讓位於相互補充和相互滲透，迷信純客觀的絕對主義開始逐漸讓位於自覺控制主體因素的相對主義。如果說自然科學尚且這樣，那語言學作為一門人文科學就更是如此了。近來人們熱衷討論的共性與個性問題正好說明了

這一點。人類的文化並不僅僅具有個性，它應當也具有共性，否則我們就無法建立科學意義上的人類文化學。語言是人類文化的一支，當然也並不例外。語言中必然具有世界語言的共性，也存在共性解釋不了的個性，只是在文化與語言的關係中，個性與共性的比例將有別於其他角度的表現。在這場文化語言學中國潮的爭論中，大多數人選擇了既有共性又有個性這個相對主義的結論。無疑的，這正是時代性的體現。當代科學的特點之三，是在演繹與歸納二者之間，更重視演繹的作用。在中國，人們在享受了幾十年歸納給予的恩惠的同時，開始補充以演繹，甚至更依賴於演繹去發現事實。既注意歸納，又重視演繹，已逐漸成爲人們的強烈要求。今天，人們正是從其他邊緣學科得到啓發，演繹出文化語言學這一新的交叉品種，進而演繹出文化詞彙學、文化語音學等等支系。演繹也是一種廣義的聯想，而聯想正是科學創造的要素之一。由於演繹的作用，人們已經並將發現更多更新的事實，而研究也正從單純描寫轉爲既有描寫又有解釋的新模式……當代科學的特點之四，是特別自覺地重視方法論的探討，重視方法的系統化。方法是眼鏡，是工具，沒有合適的眼鏡就發現不了事實，沒有合適的工具也就不能把零散的事實串成系統，甚而揀不著事實。專門方法的建立和系統化又是一門學科得以成立的必要條件。我們需要宏觀的俯視，但也需要微觀的描寫。我們需要理性的實證，也不可忽視感性的整體把握。我們需要科學上業已證明行之有效的假說方法、類

比或比較方法以及當代發展出的系統方法、統計方法，還需要適合該學科特點的文化學方法（例如，表象考察法、觀念分析法、歷史研究法、外因分析法、個案延伸法、殘餘法、交叉文化研究法等）、社會學或文化人類學方法（例如，社會調查法、階層分析法等）以及語言學方法（分層分析法、共時和歷時分析法）。我們高興地看到，在現今不同風格、不同觀點的文化語言學研究中，不乏討論方法論的論著。文化語言學的另一時代特點，便是多元化。由於語言與文化關係的多樣性，由於主體因素的羼入，由於當代社會人文背景的緣故，文化語言學在當代無可避免地將是多元的，任何觀點都很難一統天下。各種不同觀點在不違反繁榮語言科學的大前提下，進行自由發展與正常辯論，這正是當代文化語言學的大幸」（同上，序5～7）。這跟各流派文化語言學實際作法所體現的，大致上是合轍的。

至於該新科語言學具體的目標(或所要凸出表現的)、方法等等，這就得依各流派的認知或主張而定了。以游汝杰為代表的「雙向交叉文化語言學」是這樣說的：「中國文化語言學的主要目標可以分下述三個方面來討論。(1)在中國文化背景中研究語言和方言：如果說文化是人類在歷史上的積極創造，那麼語言就是原始人類最重要的創造。語言的誕生使人類在自然界中的地位發生劇變，語言是人類成為萬物之靈的關鍵，語言是人類世代積累起來的極寶貴的精神財富。它是文化現象，而不是自然現象……語言

既然是文化現象，那麼語言學也應該有民族的或區域的個性。這一點可以說長期以來被我們忽視了。現在是該反思的時候了。一方面，因為西方的語言學理論是建立在西方的文化（包括哲學）及其語言的基礎之上的，所以需要考慮西方的理論有那些是適合漢語研究的，那些不適合，那些適合的程度有限；另一方面要從中國文化背景出發做些實際的研究工作，力圖重建符合中國語言事實的理論……(2)把多種人文科學引進語言學：本文所謂『人文科學』包括各種社會科學。人文科學對語言研究能夠起到重要的作用，這方面人們已經注意到的似乎只是人文歷史。常常看到某些描寫語言或方言的著作，在頭上戴上一頂人文歷史的帽子。實際上這些人文歷史的材料和語言材料往往是油水分離的，未能有機結合。除了人文歷史之外，哲學、邏輯學、文藝學（包括文學、戲曲、音樂等）、地名學、人名學、民俗學、考古學、民族學、人類學等多種人文科學都有助於語言研究。中國文化語言學的目標之一就是利用這些學科的知識，解決語言學自身的問題……(3)把語言學引進別的人文學科：一方面我們可以利用別的人文學科的知識來解釋語言學的有關問題，另一方面語言學為解決鄰近學科的有關問題也可以大顯身手。常常看到哲學、歷史學、文學、民族學、地名學等領域的論著，試圖從語言學的角度來解決各自的問題。由於沒有語言學的參與，這些研究往往發生錯誤或無法深入……中國文化語言學將幫助我們從先入為主的西方語言學理論的成見中解放出來，創立適

合漢語實際的理論。它將大大拓展語言學研究的視野，使語言學擺脫與其他人文科學和社會生活隔絕的狀態，成爲一門可以與國內別的人文學科相爭雄的有用的學科」（同上，3～9）。以陳建民爲代表的「社會交際文化語言學」是這樣說的：「文化語言學的語言觀凸出表現在以下幾方面：第一，重視語言的交際價值。從六○年代起，西方有些學者感到語言研究不能單純以語言描寫爲滿足，不能只是把語言當作一種工具去解剖，他們要求把語言作爲一種社會現象和文化現象去研究，於是提出語言交際功能的概念……文化語言學同社會語言學一樣，特別重視語言的交際價值，都屬於大語言學範疇。在我國，交際中的語言差異往往打上文化的烙印。社會現象與文化現象密切相關。文化語言學與社會語言學交叉在一起，文化語言學包含社會語言學成分，社會語言學也有文化語言學的內容，這種邊緣學科的交叉是永遠存在的，現代科學的發展總是在邊緣上找到它的生長點……不同民族、地區、性別、年齡、職業、文化程度的人，對於同樣一句話，往往會產生不同的言語反應。因此，對不同的人應說不同的話。說話的得體性和言語的可接受性一般成正比，語言的得體性是獲得交際和諧性的重要保證。從文化語言學的角度研究語言，最終可以非常清楚地顯示語言交際的本質。第二，重視語言的變異形式。同樣一個意思（記作A），根據不同對象、場合、身分的要求，可以有幾種不同的表述方式，這幾種不同的表述方式就是A的變異形式。文化語言學認爲語言

是一個變化的系統。人們的社會地位、社會環境、社會關係，以及說話的場合、目的、心情等，都影響說話人選用不同的語言變異形式表達自己的思想感情。在交際中不管對象、場合、身分，到處使用千篇一律的刻板的語言是很少的。說話者不斷變化說話的方式和格調，聽話者接受對方的語言訊息時不斷變化自己的思想感情……文化語言學正是從社會需要出發，在研究複雜的言語交際的同時，研究全民族交際的語言形式普通話是怎樣逐步變成人們的教學用語、工作用語、宣傳用語和家庭用語的。第三，從動態的角度觀察語言。從文化語言學的角度看，語言結構跟民族的心理素質是有關係的。十九世紀德國心理學家馮特認為：『一個民族的詞彙和文法本身就能揭示這個民族的心理素質』。其中集中表現出漢人的心理素質。這種心理素質制約著漢民族生活的各個方面，對漢語詞法和句法結構也同樣產生深刻的影響……上述三方面是緊密相聯的。從使用語言的人的因素出發，文化語言學研究人們的言語活動，研究作為這種活動的工具的語言，並從文化學給予解釋，因此它與社會語言學交叉的地方甚多，而與結構語言學截然相反」（同上，19～22）；至於所採用的方法，則有「對比法」、「投影法」、「文化結構分析法」、「文化心理分析法」等等（同上，23～27）。以申小龍為代表的「全面認同文化語言學」是這樣說的：「中國文化語言學是在新的歷史條件下，基於對漢語特點的深刻反思和對中國文化的強烈認同而建立的一門新學科，又是一個包括社會語言

學、民族語言學、心理語言學、語言民族學、語言人類學在內的大學科。用文化學的方法研究漢語、認識漢語、揭示漢語的文化特性，同時又用漢語人文型研究的成果去拓展中國文化的研究，使中國語言的研究與中國文化的研究血肉交融，相互促進，這是在新的歷史條件和文化生態環境下中國現代語言學更新、改造、發展，走上宏富之路的必由途徑」（同上，37）；至於所採用的方法，「首先是一種文化認同的方法。它較適用於與民族思維、民族心理相聯繫的語言學科。這些學科的研究對象由於是共同的民族思維方式、文化心理的歷史積澱，因而不僅相互之間具有文化通約性，而且與民族哲學、藝術等文化現象之間也有深刻的通約性……（其次）又是一種文化參照的方法。它比較適用於與文化變遷、文化交融等社會歷史現象有聯繫的語言學科」（同上，37～38。按：申小龍在《文化語言學》一書裏，有比較具體的提到採用「鏡象認同法」、「思維認同法」、「氣質認同法」、「深層結構認同法」、「比較認同法」等等。見申小龍，1993）。

綜觀大陸學者所提倡的文化語言學，在內部仍有不少的爭議，所構設的理論體系也不是很完備（如語言和文化的關係總是說不「清楚」，而對語言作文化內涵的解釋或以文化內涵來解釋語言究竟如何可能，以及建構理論所需要的資源是否可以自給自足等等，也還得不出「共識」或無法給予有效的說明），但他們極力要開創一個中國式的文化語言學所顯現的雄心壯志卻很可觀，終於使得長期以來

的語言學研究即將有一突破性的進展。

第三節　詮釋策略中的化約傾向

　　所以說當今大陸文化語言學思潮有要突破既有語言學研究的格局，這至少有兩方面的意義：一是消極面的，它不滿於現代所引進的西方語言學，而急於要加以超越或唾棄，所謂「本世紀初開始形成的中國現代語言學幾乎是全盤接受了西方語言學的理論，特別是結構主義的學術思想，其結果是利弊參半。就其有利的一面來看，積累了大量用音標記錄下來的語言材料，並且促使中國語言學現代化；就其弊端來看，由此產生下述兩大後果。第一，結構主義只注重描寫語言的形式，分析語言內部結構的指導思想，不但割斷了語言學與其他人文學科的聯繫，並且使語言學應有的實用或應用價值大為降低。中國傳統的小學，就其通經致用的初衷來說，其價值遠遠勝過現代舶來的語言學。小學能夠助人讀古書、寫古文；而現行的語法，對於讀古文或寫今文用處甚微……。第二，西方的語言學是建立在印歐語言研究的基礎上的。漢語的性質跟印歐語大不相同。漢語的特點是單音節語素，在句法中語素的獨立性較強；印歐語的特點是詞的形態變化，詞在句法中獨立性較少。以語法研究為重心的中國現代語言學，從馬建忠《馬氏文通》比附拉丁葛朗瑪，到王力參照葉斯泊森『詞三品』說，到現在的種種語法論著，大多只是移入西方的

理論、術語、概念和方法而已。不少地方難免削足適履，方枘圓鑿，格格不入……由於上述兩大弊端的發展，中國語言學越來越萎縮，而不是越來越繁榮；語言學家越來越躲進象牙之塔，而不是走向廣闊的天地。在五〇年代，現代漢語的語音學、語法學、修辭學和描寫方言學，由於適應當時的人文生態環境，曾經有過它們的黃金時代。今天的語言學只有加以革新，才能適應變化了的人文生態環境，才能自立於人文科學之林」（邵敬敏主編，1995：1～2），正是這個意思。另一是積極面的，它嘗試要發展中國文化或建設新文化，所謂「以西方語言學爲參照系的發展道路，事實上使得漢語研究與漢語事實貌合神離。這種內與外的參照，學到的只是外族文化的表面形式……現代化的中國語言學應將這種內與外的參照轉變爲內與內、傳統與未來的參照……我們看到西方文化的每一次重大轉折和發展，正是從新的歷史條件、自然條件、社會條件出發，即從傳統文化與人的社會實踐日益加劇的矛盾出發，創造性地對傳統文化作出新的解釋和調整，從而推動了文化的建設和發展的；而並非以某種外來文化爲參照系來檢討自己的傳統文化，發現問題再加以改造。前者使一種文化自覺自願地走向新的生命，後者卻只能看到一種文化的症狀，無法把握它的病根，更談不上根治。因爲要了解一種文化的特質，不是把它同另一種文化作現象比較就可以得出結論的，而是必須深入研究這種文化的『內心世界』，研究它自身的行爲。研究的目的是在傳統的基礎上建設新文

化。顯然，這樣一個文化再造過程只能是創造性的、獨立思考的，而絕非『全盤西化』、機械模仿的」（申小龍，1994：545～546），正是這個意思。

提倡文化語言學的學者，雖然有上述這樣的企圖心，但在實踐過程中卻不免出現一些問題。其中較為重要的一個問題是，所採取詮釋策略的化約性。換句話說，文化語言學者為了凸顯文化語言學的優點或必要性，經常以化約的方式來詮釋（解釋）漢語。這點大陸有些不在前節所述三派中的語言學者也感覺到了，而作過不少的批判。如「在肯定申小龍同志的探求、革新精神的同時，覺得申小龍同志倡導的文化語言學有嚴重不足之處……申小龍同志說：『中國現代語言學在致力於克服漢語分析中缺少形式化、精確化的科學形態的同時，卻對漢語的人文價值施行徹底決裂，最終使漢語學游離於漢族人語文感受之外的一種理性形態，造成整個學科的僵化與滯後。』他認為漢語是神攝的語言，是人治的語言，『神攝還是形攝，反映了東西方兩種截然不同的文化精神』，西方語言是受形態制約的『法』治語言，漢語是缺乏形態的『人』治語言。並一再引用德國語言學家洪堡德和我國高名凱先生的兩段話來證明漢語的人文性。我們認為，所謂偏重心理、略於形式、全賴意會的『神攝』語言，所謂缺乏形態，著重具象的『人治』語言，實質上在強調漢語特殊性時有意或無意地曲解了漢語，甚至可以說是貶低了漢語，說漢語的表達功能有嚴重缺陷：其形式不夠完備，其達意不夠精確。申小龍同

志贊同洪堡德的漢語中『純粹的默想代替了一部分說法』、高名凱的『中國語是原子主義的』說法，也可有力證明他對漢語特徵認識的偏差。對於申的漢語是神攝、人治語言的觀點，對於洪堡德和高名凱的兩段話，筆者已撰文批評過了。這裏只想談談申小龍同志提出的漢語語言思維是具象思維的觀點。爲什麼漢語重重合，是神攝、人治的語言？申小龍同志認爲，這與漢族人的思維特徵有關。他說：『漢民族思維以整體性爲一大特色』。漢語的精神，從本質上說，不是西方語言那種執著於知性、理性的精神，而是充滿感受和體驗的精神，『漢語的語言思維，是一種具象思維。它真實地體現了漢族人哲學思維的性格。』西方哲學家往往同時是自然科學家。他們把探索事物的本質規律作爲研究對象。爲此，他們必須穿過表象，深入裏層，最終拋開表象，形成一種純思辨的抽象思維性格，西方的語言組織也是以一種純關係框架作爲生命之軀的。而『中國古代哲學講求「觀物取象」，即取萬物之象，加工成爲象徵意義的符號來反映、認識客觀事物的規律。概念是一種思維的抽象，而在用漢語語詞固定概念的形式時，中國人習慣用相應的具象使概念生動可感而有所依托。』什麼是具象思維？說得通俗一點，就是形象思維。照申小龍同志的說法，西方人具有純思辨的抽象思維性格，故西方語言形式嚴密，而漢族人習慣於具象思維，則缺乏抽象思維（邏輯思維）的能力，故漢語特徵是重意會而鬆於形式，表意不夠精確。事實果真如此嗎？我們認爲，漢族人既富於形

象思維，又富於邏輯思維。漢語自古以來就是人類複雜思想的有價值的表達工具。漢語能精確地表達複雜的概念、判斷和推理。例如，『或者是資本主義的現代化，或者是社會主義的現代化，我們要的是社會主義的現代化，所以，我們不要資本主義的現代化。』這個選言推理用漢語來表達，精確清楚，絕不是意象組合。漢語可以翻譯世界上任何內容深奧、概念複雜的著作。不僅文藝作品是如此，原子核物理等現代尖端科學著作也是如此。就語言學而言，洪堡德、索緒爾、布龍菲爾德、喬姆斯基、菲爾墨、哈利迪等人的著作不是已用漢語翻譯或介紹到國內了嗎？倘漢語語言思維屬具象思維，漢語組合是意象組合，就不可能如此。申小龍同志說：『漢語的具象思維反映在語言組織上，就是習慣用意象組合來使句子內容生動可感。』申小龍同志這個『習慣用意象組合』的結論下得太武斷。縱然，漢語中有『清澈的河水，斑斕的沙石河底，折光的波紋，其中三個人欣喜的面龐和倒影』之類語句，但漢語中有大量的非意象組合的語句，特別是在政治語體、科技語體、公文語體中，絕不會『用意象組合來使句子內容生動可感』。如毛澤東同志〈論人民民主專政〉：『一個有紀律的，有馬克思列寧主義的理論武裝起來的，採取自我批評方法的，聯繫人民羣眾的黨，一個由這樣的黨領導的軍隊，一個由這樣的黨領導的革命階級各革命派別的統一戰線，這三件是我們戰勝敵人的主要武器。』顯然，類似這種非意象組合的語句還可以找出許多」（邵敬敏主編，1995：73～

75)。

　　又如「我們對漢語『人文性』的理解，與其提出者不盡相同。關於漢語『人文性』的表述，應該附帶上以下的認識：(1)作為文化系統的一部分或反映文化的符號系統，任何語言都帶有『人文性』。只能說，漢語比某些語言，尤其是形態語言更多一些『人文性』。換言之，『人文性』是在量上而非質上揭示漢語特點的。說一種語言『人文性』強，指該語言的構成及運用受文化、人類活動與思維及外部環境的直接影響較多，受語言系統內部規律的強制性約束較少。這裏的較多較少，不是語言外部因素與內部規律相比的結果，而是與其他語言相比的結果；(2)漢語在本質上仍受人類語言共性的制約。現代普通語言學的許多原則和研究方法，同樣適合於漢語。事實上，連一些鄙薄普通語言學和現代中國語言學的人，在具體分析漢語時，也在使用諸如『名詞、動詞、SVO，並列句、目的句、主題語、評論語』這些並非來自國學傳統的現代概念，在分析語言與新技術革命的關係時，那些意會、頓悟、體味等等都不見了，代之以語義特徵（義素）、深層結構、嵌入句、主語這些普通語言學術語。這是頗具諷刺意味的；(3)漢語的結構、運用與發展中，仍有許多情況是由語言內部規律決定的，跟文化沒有直接關係。如音位的對立與互補、區別性特徵、語音系統的平衡律，詞義從具體到抽象的派生律、語義場對詞義的制約、詞的句法功能分類、動詞與名詞的語義格關係、短時記憶對句子長度的制約、會話準則與會

話含義、語音演變的詞彙擴散與方言特徵的波浪式推移等等，這些是在任何語言中都起作用的共同規律，都不能用漢語特有的『人文性』來解釋。即使是漢語的特點，也不都同『人文性』有關。如舌尖元音的存在、輕唇音的出現、複輔音的消失、語素的單音節性與詞的雙音節化、形容詞的接近動詞而非名詞、前定後名的語序、關聯詞語的成套使用等等。諸如此類的大量課題，都是『純』語言學研究的對象；(4)最重要的，作為研究對象的語言的『人文性』，不能偷換為作為科學的語言學的『人文性』，恰如文藝的娛樂性、犯罪的危害性，不能偷換為文藝學的娛樂性和犯罪學的危害性。用『人文性』來否定現代科學精神，把語言的系統研究拉回到即興語感、隨機發揮的前科學層次，這不是創新，而是在複雜語料前的懶惰怯懦。特別是對於當代緊迫的應用課題來說，這種態度不可取，因為我們知道，沒有一本漢語教科書，教學語法或用於計算機的語法分析書，可以建立在意會、神攝、聲氣、文無定法、文成法定這種基礎上。基於以上認識，我們認為，漢語的研究沒有理由離開世界語言學的當代發展總方向。事實上，國外的一些語言學傳統和新潮，像功能主義、認知語言學、心理語言學、會話與篇章語言學、語用學等等，都很注重語言的『人文性』。漢語的『人文性』強，這意味著漢語研究要面對更加複雜的因素、要付出更多的科學勞動、要更多地注意到使用語言的主體——人的作用和使用語言的大環境——文化的作用。這一切，都必須以科學精

神爲主導」（同上，99～101）。

　　可以看得出來，批判的矛頭幾乎都指向申小龍這一流派的文化語言學（申小龍在他所著的《文化語言學》一書第五編中也引述了一些反對或持異的意見，被爲他作序的張世祿稱許爲「作者以十分認眞的態度將近年來我國語言學界對文化語言學的爭鳴，包括贊成的意見和反對的意見，一覽無遺地展示出來，旣不回避褒揚之詞，也不掩飾針貶之詞，體現了作者理論探索的坦誠和勇氣」。見申小龍，1993：序2～3。然而實情是不是這樣，就很難說了。至少像前引兩段會給他所主張的文化語言學致命打擊的批判，就不見他引述。這究竟是心虛，還是什麼，就不得而知了）。但這只是指出一端，還有一端卻沒有指出來，也就是文化語言學中的（語言）文化學視域，根本上也是西方的（包括文化學的預設、概念、目的、方法和理論依據等等）。漢民族向來只有考據、義理、詞章、經世之學（見第二章第五節），而沒有所謂社會語言學、心理語言學、民族語言學、人類學語言學、文化學等等這些玩意兒。現在文化語言學者要強調這是文化學視域的語言研究，而又不進行「內和外」的參照，試問這樣孤立出來的文化語言學的詮釋取向，豈不是一種化約的作法？何況以前「現代語言學」純作語言本身的研究，未必全部表示它預設語言是一個孤立系統，只是興趣在語言本身而已；現在文化語言學換作語言的文化研究，沒有理由詆斥前者是在預設語言爲一個孤立系統。此外，像「共性」語言學、「個性」文化語

言學的劃分也沒有什麼道理。只能說在共性的語言學或文化語言學下（彼此都要用到同一個概念），各有不同的面貌。也就是說，西方也有西方的文化語言學（差別只在名稱），不獨漢民族才有。不認清這一點，所作的研究都難逃化約的命運。當今在大陸流行的文化語言學思潮所以爭議不斷，關鍵可能就在這裏。

第四節　未來走向的檢討

　　有人認爲文化語言學還不足以成爲一個學派（所以大陸有些學者也僅稱它爲「流派」而已）。因爲「語言學派就是在一定歷史時期裏，語言思想、觀點、研究方法相同或相近的一批語言學家所形成的語言派別」，它的「標誌有三個：(1)要有一批語言學思想傾向、學術觀點乃至於研究方法相同或相近的語言學家；(2)這批語言學家能提出具有鮮明特色的主張並形成比較系統、完整的理論體系；(3)能產生具有廣泛影響的語言學家和比較著名的語言學學術著作」（邵敬敏主編，1995：68～69），而現在的情況是雖然有幾個流派存在，「但其語言觀、研究方法是否相同？是不是都屬文化語言學的範疇？尚可商榷。拿申小龍同志所舉的社會學派和交際學派爲例，雖然陳建民先生和劉煥輝先生注重漢語的言語交際功能，但他們是否同意申小龍同志提出的理論綱領？特別是申小龍同志抨擊中國現代語言學的科學主義，主張漢語是神攝、人治語言，漢語語言屬具

象思維等等，陳、劉兩位先生是否也持此主張？筆者看過
他們的著作，似乎陳、劉兩位先生的語言觀與申小龍同志
的語言觀，是有一定距離的。筆者認為，儘管一個語言學
派內部的主要流派在某些觀點和方法上可能不同，但它們
的基本觀點和方法應該是一致的。如現代結構主義語言學
派中的布拉格學派、哥本哈根學派和美國結構主義語言學
學。如果基本觀點和方法並不相同或相近，硬劃入學派範
圍之內，以壯聲勢，並不利於語言學派的形成和發展」；還
有「作為一個語言學派，在闡述它的理論、觀點時，應該
是明確的，一貫的，不能以似是而非，前後矛盾，使人無
所適從。否則，儘管撰文繁多，措辭尖銳，仍不能給人一
個明晰的印象，也不能正確地認識、領會其語言學派在理
論體系上的特色，申小龍同志在提倡中國文化語言學，宣
傳其理論時，對這一點似乎注意不夠。比方說，申小龍同
志在〈漢語語法的修辭內涵〉中說：『我們所發現的漢語
語法的種種「修辭」因素，說不定正是漢語語法的特徵所
在。它是語法，而不是修辭。或者說，它是漢語語法的修
辭內涵。』在〈漢語的人文性與中國文化語言學〉中說：
『漢語的修辭、語義、邏輯、語境等因素在編碼和譯碼的
層次上高於句法，因此漢語的分析只能是綜合指導下的分
析。漢語不可能有像西方語言那樣有形態變化的單純、獨
立的語法學。』那麼漢語究竟有沒有獨立的語法學、修辭
學？文化語言學中語法學、修辭學研究的對象是什麼？兩
者有何區別？申小龍同志在〈漢語詞類之爭及其文化心態〉

中說：『詞類討論後給人最深刻的啓迪就是漢語的詞類區分絕非天經地義，而是大可以懷疑的。』但在〈「左傳」主題句研究〉、〈從漢民族的時空觀看漢語施事句的鋪排律〉等文中又用了名、動等詞的概念。那麼漢語到底有沒有詞類的區別？如有，是根據什麼標準區分的？又如，申小龍同志認爲漢語重意象，主張繼承『傳統語言研究的實用性和體驗性』，但在〈論深層結構〉中用西方語言學的樹形圖解法對『我買了一本書』的深層結構作『冷漠的知性分析』。當然在創建某一語言學派、提出其理論綱領和體系時，並不能十分完善周密，我們也不能苛求。但在一些基本、重要的觀點上，應該是明確的，一貫的」（同上，76～78）。

或許是這個緣故，學者們對文化語言學也就有了兩極的反應：「一是有少數人狂妄自大，一方面對以往的語言學研究全盤否定，一律斥之爲『模仿』，似乎只有文化語言學才能拯救中國的語言學研究，另一方面，又把文化語言學捧成大語言學，把其他分支學科如社會語言學等等統歸到它的麾下；在文化語言學內部，更把自己的觀點說成是最高層次，人家的則全是低層次的或較低層次的……二是有少數人採取一種駝鳥政策，對新興的文化語言學不理不睬，似乎根本就不存在或者一概否定它的研究價值」（同上，前言3）。以至有人不禁慨歎的斥責爲不良傾向，「這兩種態度都是不可取的。我們認爲：語言學本體的結構與功能研究，是基礎，是根本，而語言學與其他學科交叉而產

生的社會語言學、文化語言學等等則是它的邊緣學科,兩者相輔相成,互依互存。文化語言學的各種流派也有一個相互補充相互促進的問題。各個流派發展與繁榮關鍵在於它的理論是否轉化爲具體的研究成果,並且有理論價值與應用價值。我們反對的只是侈談理論而沒有什麼實際內容的空頭文化語言學,以及雖然有成果卻不需要任何客觀標準來檢驗的主觀文化語言學」(同上,前言3〜4)。

以上是大陸語言學界所發出的批判、反省的聲音,道理固然有,但還不夠徹底。理由是他們對於文化語言學的終極目的問題,還沒有進行有效的批判和反省。照文化語言學者的講法,「革新語言學似乎可以從下述三方面著手。第一,把語言學從象牙之塔中解放出來,旣在社會生活的背景中研究語言,也研究語言在社會生活中的作用。並且不僅僅停留在研究上,還要使語言學在社會生活中起到應有的作用。第二,在中國文化背景中考察中國語言的特點,從而建立能夠較好地解釋中國語言事實的理論。第三,把語言學與別的學科結合起來研究,從而逐步改變語言學『不食人間烟火』的現狀。近年來,關於把語言學和自然科學結合起來,已經講得不少,但是把語言學與別的人文學科結合起來卻幾乎完全被忽視了。上述第一方面大致相當於社會語言學,筆者構想中的文化語言學的內容則大致包含在第二、三方面中」(同上,2)或「中國文化語言學正是期望在中國現代語言學的各個領域重新發現和探討漢語的文化性徵和文化內涵,研究與漢語的文化性徵相一致

的語言規律，從而對一般語言理論和文化理論作出漢語的獨特貢獻。在這裏需要強調指出的是，中國文化語言學的歷史反思是爲了有力地推動語言學的現代化，而絕不是回到乾嘉時代；中國文化語言學之所以能有今天的歷史反思是因爲它站在前人的肩上，是因爲它在世紀初的西學引進熱百年之後有了一個文化比較，文化再造的較爲從容、平靜、有所選擇的心態」（申小龍，1994：559～560）。姑且不論這些話中是否有「循環論證」或「套套邏輯」的問題（如「在中國文化背景中考察中國語言的特點，從而建立能夠較好地解釋中國語言事實的理論」或「（從漢語中）探討漢語的文化性徵和文化內涵，研究與漢語的文化性徵相一致的語言規律」之類，這出現了前提和結論相互解釋的現象。有關「循環論證」或「套套邏輯」的問題，參見柴熙，1988：250～251；陳祖耀，1987：255～256），就說文化語言學者所預期的「語言學中國化」或「語言學現代化」這一終極目的，就很可疑。因爲語言學如果眞能「中國化」或「現代化」後，它仍得面對世界語言學（或世界文化語言學）；而如何面對世界語言學，那才是終極性的目的所在。當今大陸所有的文化語言學者，幾乎都還沒有思考這個課題，以至爲文化語言學所作的萬千辯說，依然顯不出提倡文化語言學的（特殊）意義和價值。因此，擺在眼前比較急迫的事，是先「確立」文化的範疇（畢竟文化不是先驗的存在，而是後驗的約定，有必要先將文化及其次系統，以及各次系統相互的關聯作一可被「有效」檢驗的界

定），而後才進行語言和文化之間關係的繫聯（像本書所作的這樣）；同時也不是要建立具有中國特色的文化語言學（因爲很多觀念和理論架構都來自西方，那裏可以顯出什麼中國特色呢），而是提供一個可以跟西方語言／文化對比的情境，然後接著思索雙方未來的交流、融通，甚至「共事」的可能性。否則，所謂的「中國文化語言學」，仍不免於閉關自守或自吹自擂的慘淡下場。

第五章　後現代的語言／文化觀

第一節　從現代到後現代

　　不論是個人所理出的這套語言文化學，還是大陸學者所開發的那套文化語言學，都尙未觸及後現代語言／文化的課題，這不免有「脫略」或「不夠入時」的遺憾。爲了不讓該遺憾成爲事實，本書勢必要把後現代語言／文化的課題也包含進來。只是有關後現代的語言／文化觀從「成形」以來，就以破迷思（祕思）的強勢姿態，將先前的語言／文化觀一一「瓦解」掉，造成後現代語言／文化觀「一枝獨秀」的局面，這要如何把它攬進來「併置」而不會顯得相互牴觸？對於這一點，個人並不悲觀，後現代的語言／文化觀在瓦解其他的語言／文化觀時，也蘊涵了自我瓦解的命運，所以它的「效力」就不是很足夠。這裏只要以它作爲「對諍」，找出一些需要調整的點線面，依然可以論述下去，並保有先前論述的合法性或必要性。換句話說，本書是以後現代的語言／文化觀作爲後設反省的資源，而不

是「不假思索」或「不假批判」的逕以它爲標的。底下就逐次來回顧及反省已經行之有年的後現代思潮；這裏先從「後現代」的由來說起：

所謂「後現代」，在指稱上，貝爾 (D. Bell) 於一九六八年所寫《後工業社會的來臨》一書，首先提出「後工業社會」一詞（有別於從十八世紀以來，西方科學技術的發展，給人類締造了前所未有的生產力大增的「工業時代」）。爾後奈思比特 (J. Naisbitt) 在《大趨勢》書中，稱它爲「資訊社會」；托佛勒 (A. Toffler) 在《第三波》書中，稱它爲「微電子時代」。當今大家習慣使用「後現代社會」一詞。因爲在這個時代中，不只科技不斷在翻新，文化的其他領域（如建築、繪畫、舞蹈、文學、音樂、劇場、攝影，甚至哲學、教育、政治等等）也不停在變動，無法用一個名稱來概括，只好用「後現代社會」，表示這一時代跟前一時代（現代社會）的不同。不過，有人認爲「後現代」只是個通稱，其實它就社會來說，就是「後工業時代」；在知識傳承的方式上，就是「電腦資訊」；在一般生活的形態上，就是「商業消費」；反映在文學藝術的創作上，就是「後現代主義」（參見羅青，1992：245、254）。不管這樣的「區分」是不是很貼切，至少有一點是不容「否認」的，那就是「後現代」是從第二次世界大戰後，新科技（電腦）的發明，帶領人類進入一個資訊快速流通的社會（也就是「後工業時代」或「資訊社會」或「微電子時代」）而逐漸形成的。

正由於新科技的發明，使得「知識」之一夕之間成了集體財富。理論性知識具體化後，所生成的「科學工業」（如聚合物、光學、電子學、電磁通訊學等）正蓬勃興起；而「知識工人」將成為社會生產組織中的主力。這些改變，直接間接的衝擊到人類生活各個層面。首先，它使人由反思到唾棄二、三個世紀以來所形成的「現代社會」（工業社會）的一切。在該社會中，人類受到化約式科學觀（主要是牛頓物理學）的影響，盡情的編織了一幅世界的圖象。這幅圖象的一端是：以新的「複製」方法及工具，使生產力巨幅增加。舉凡所生產的機械（如汽車、火車、輪船、飛機、電燈等），都能不斷複製時間空間，並能以大量複製出來的速度，改變時間和空間的關係。這都是依靠科學的原理原則，來運作進行的。而所謂「分工專業化」，正是科學方法的重要特色。萬事萬物只要以分工專業化的原則，掌握其運作的「公理」或「公式」，就可以鑑往知來，掌握其全部的發展過程，並加以複製。透過不斷的實驗、改進、複製，其結果就會越來越精良，而其效能也會越來越高。另一端是：人文學者吸收科學的分類方法，開始分門別類的撰寫各種學科的歷史，以便研究人類社會文化的發展。於是社會史、文學史、藝術史、哲學史、政治史、經濟史、心理學史……等等，紛紛出籠。而黑格爾（G.W. Hegel）、孔德（A. Conte）、達爾文（C. Darwin）及馬克思（K. Marx），更大張旗鼓的提出歷史演進的原則或法則（也就是歷史演進的「公理」或「公式」），希望能進一步掌握並

主導社會文化的發展。於是學者並起，學說紛紜，不斷的回顧過去，並為各個時代貼上不同的標籤，以明歷史發展的各個階段（參見葛雷易克 (J. Gleick)，1991：17～43；羅青，1989：9～10）。從此人類創造了一個新的社會結構（科層組織）和新的生活方式（自動機械化），而最強勢的馬克思式的結構性預設觀念，也在世界的一些角落發揮作用。然而，當大家普遍沈醉在理性大獲全勝的歡樂裏，有人開始意識到：科層組織已經使人喪失開創精神，自動機械化也讓人生沒有意義、沒有信心、沒有真實（參見佛洛姆 (E. Fromm)，1976：222～223）；而馬克思式的結構性預設觀念更只是個幻想，終將給人類帶來災禍（參見羅青，1989：4）。於是激起大家又反過來省察工業社會已經發生或將要發生的弊病，而謀求補救的措施（參見奈思比特，1989；托佛勒，1991）。在大家進行反思的同時，世界局勢也出現一些戲劇性的變化：古巴危機、越南戰爭、中東戰爭，使以美國為首的西方開始解構，美國不再能以一元化的方式領導世界。而中俄共分裂、文化大革命爆發、中共越共之戰，也造成共產集團的解構（這種解構，到了九〇年代，出現東西德統一、蘇聯解體而達到另一波高峯）。美國和中共建交，第三世界勢力的形成，不結盟國家的興起，更是世界政治走向多元化的象徵。在經濟方面，太平洋地區經濟力量的崛起，日本迅速成為世界經濟強國，改變了世界經濟的面貌。在科技方面，核子技術的擴散、太空科技的突破、電腦的快速發展、美國登陸月球成

功，使人類的世界觀（宇宙觀）有了大調整。而個人電腦的問市及流行，更使人類累積知識的方式，有了革命性的變化。於是所謂的「後工業社會」、「資訊社會」等名稱，就即刻宣告誕生了。在美國，不斷擴張的黑人運動，使白種人（高加索人）的神話開始解構；而有色人種在世界各地的地位，也開始轉變。女權運動的勃興，使得傳統的父系社會，發生解構式的變化。以上種種，也影響到文學藝術創作的發展和文學藝術理論的革新。以往一元式的封閉系統，以及所謂的「理體中心主義」，遭到了巨大的挑戰。社會文化的一切，都在資訊的大量交互流通裏，產生了新的關係（參見羅青，1989：4～5）。而馬克思式的結構性預設觀念，也因為新科技及新社會的出現，逐漸被改變、推翻，造成「意識形態」的瓦解（以前馬克思主義者認為「資本主義社會」的生產工具是「資本」，而「資本」掌握在資本家手中。現在生產工具變成「知識」，可以透過電腦在各個階層自由流通；而社會大眾也因商品經濟的高度發達，原是生產者也都變成消費者，彼此的身分也相互流通，無法再作嚴格的區分）。

其次，它使人得以放手一搏的去「形塑」一個新時代的特色，如⑴累積、處理、發展知識的方式，由印刷術改進到電腦微處理，人類求知的手段，有了革命性的改變；⑵知識發展的方式得到了突破，各種系統的看法紛紛出籠，社會的價值觀及生活形態，就朝向多元主義邁進。而其基本原動力，就是解構思想。所有的觀念、意義和價值，

全部都從過去固定的結構體中，解構了出來，可以自由飄流重組。而其重要的指導原則，是屬於記號語用學式的，一切都看情況及「上下文」而定。人類對事物的看法，由農業社會的是非題，進入工業社會的單選題，現在又進入後工業社會的複選題；(3)所有的歷時系統和共時系統裏的有機物及無機物，包括人、事、物，都可以分解成最小的資訊記號單元，都可以從過去的結構體中解構出來。資訊的交流重組和複製再生，就成了後工業社會的主要生活及生產方式。強大的複製能力，促使社會走向一種以不斷生產不斷消費的運作模式之中，所謂的「消費社會」應運而生。社會人口可以區分為生產者和消費者兩個組羣，而生產者本身也是消費者；(4)在資訊的重組和再生之間，大家發現「內容和形式」的關係也可以解構。漁獵牧社會、農業社會、工業社會、後工業社會之間的關係，是相互重疊、相互解構的。漁獵牧社會之中有農業社會的因子，農業社會中包含了漁獵遊牧、農業、工業甚至後工業社會的因子，工業社會及後工業社會中，也可以發現漁獵遊牧、農業……等社會的因子。既然內容和形式可以分離，那古今中外的資訊就可以在人類強大的複製力量下，無限制的相互交流，重組再生；(5)後工業社會的工作形態，把工業社會的分工模式解構了。生產開始走向「個體化」、「非標準化」，工作環境則走向「人性化」。因為生化科技及遺傳工程的改進，農業人口減少而農產品增加。因為無人工廠、機器人及電腦輔助設計製造系統的發展，使工業人口減少，工業

產品增加，品質不斷創新改進，價格越來越低廉。以服務業爲主的人口不斷增加，成爲生產的主力（同上，316～317）。而這種現象反過來帶給人的是一種新的時間體驗：從過去通向未來的連續性的感覺已經崩潰了，新的時間體驗只集中在現時上；除了現時，什麼也沒有。有人把這一體驗的特點概括爲吸毒帶來的快感，或者說是精神分裂（詹明信，1990：240）。

　　後現代的景觀，大致如上所述。如果還有需要留意的地方，那就是促使這個多元主義社會存在的原動力：解構思想。正是解構思想「徹底」的把人類從「現代社會」推進了「後現代社會」。而這首先要辨明的是，相對於「現代」來說的「後現化」概念的根源及其演變。基本上，「後現代」是用來描述某些跟前一個時代相異的文化現象的詞彙，並不含有學術上所謂「主義」（一套自成體系的學說或主張）的意思；但因爲它是相對「現代主義」而說，所以大家也加上「主義」二字，使它看來具有學術上的意義（參見羅青，1989：8～10；孟樊，1989：134～141。按：其實「現代主義」中「現代」和「主義」二詞的複合過程，也是類似這種情況，參見周慶華，1994：2）。有人去追溯「後現代主義」的源流，發現「最早使用『後現代』一詞的是西班牙作家奧尼斯（De Onis），1934年，他在《西班牙和西班牙語美洲詩選》一書中，用『後現代主義』（postmodernism）描述現代主義內部發生的逆動。隨後，1938年英國著名的歷史學家湯恩比在其名著《歷史研究》一書中也使

用了『後現代』一詞，用以描述1875年以來的歷史輪迴。
1942年，費茲（D. Fitts）在《當代拉美詩選》中再次使用
『後現代主義』一詞，1945年，赫納特（J. Hudnut）以《後
現代住宅》作為研究建築的論文標題。到了五○年代，『後
現代主義』一詞在西方出現的頻率增多，如抒情詩人和散
文家奧爾森在其文章中經常使用這個詞。進入六○年代，
關於後現代主義的討論正式開始，美國詩人傑瑞爾在一篇
評論洛威爾的詩集《卡利爵爺的城堡》的文章中用『後現
代』這一術語概括包括洛威爾的詩在內的那一文學運動的
特徵。文學評論家豪（I. Howe）和拉維恩（H. Lavine）
把後現代主義視為五○年代美國的一個現象，看成是現代
主義的衰落。豪認為戰後的美國社會在五○年代的豐裕條
件下已變得雜亂無章，傳統的權威中心在腐爛，傳統的習
俗在消失，消極厭世情緒隨處可見，牢固的信念和事業心
蕩然無存，認為後現代小說中的人物往往缺乏社會目標，
隨波逐流。而另一位評論家奧康納則不贊成豪的看法，他
在《新大學才子與現代主義的終結》一書中，探討了英國
的『後現代主義』。認為後現代主義是從現代主義的異化
現象中脫胎而來，應該正視多種多樣的後現代主義現象。
到了六○年代中期，美國批評家費德勒（L. Fiedler）反覆
使用後現代主義這一術語，將前綴post和其他詞彙連接在
一起，如『後人道主義』、『後男權』、『後白種人』、『後英
雄』、『後猶太人』等。提出對豪幾年前描繪的傳統價值的
明顯崩潰應從積極方面來看，而不應對它持否定的態度。

他認爲後現代主義標誌著和現代主義的精英意識徹底決裂，它放眼未來，幾乎不對現代主義的歷史抱任何興趣，將塡平精英文化和大眾文化之間的鴻溝。在這同時，澳森、桑塔格、拉格夫也對後現代主義作了分析。在桑塔格看來，後現代主義的特徵是『逃避解釋』，對解釋的厭惡也導至了某些拙劣模仿的、抽象的或刻意裝飾的形式的產生。爲了抵制解釋，後現代藝術甚至成了『非藝術』。她對後現代藝術和現代藝術作了對比，認爲後現代藝術只有被而且必須被體驗，而現代藝術則指涉一種隱於表面以下的意義，因而必須得到理解。後現代藝術展現自己的外觀，而現代藝術則要把握處於那外觀之下的深層意義。澳森則認爲後現代主義具有反文化的特徵和本體論懷疑特徵。拉格夫從後現代主義的根基部位看到了某種文化的危機：從深處擯棄目的和意義的本體論危機。進入七〇年代，西方關於後現代主義的討論愈演愈烈。參加後現代主義討論的學者越來越多，討論的範圍也越來越大。七〇年代初，美國的斯邦諾斯發展了後現代主義概念，認爲後現代主義並不是僅限於英美兩國的事業，而是一場眞正的國際性運動。其主要形成性影響是歐洲的存在主義；主要是海德格的存在主義，它的主要實踐者都是歐洲人，如薩特、貝克特、尤奈斯庫、熱奈特、弗里希、薩洛特等……到了七〇年代末，法國哲學家李歐塔出版《後現代狀態》一書。該書對於後現代主義在歐洲大陸的擴散和傳播起了重要作用。書中，李歐塔將後現代主義與知識批判和反基礎主義認同起來，

這標誌著後現代主義正式進入哲學論壇的前臺。而且，後現代主義一詞的文化包容量也越來越大……到了八〇年代，關於後現代的討論更為廣泛和深入。傅柯、哈伯瑪斯、李歐塔、詹明信、羅逖等著名學者展開了有關『什麼是啟蒙』以及『現代性』、『後現代性』的大討論，將後現代主義的其他理論方面拓展開來。哈山是在論爭中最多產的批評家，他使後現代主義變成無所不包的東西，直到最後成為一種成熟的認識觀念。他沒有停留在文學藝術的某一個領域的探討，而是將後現代主義轉化為一個門類眾多的文化概念。哈伯瑪斯從批判哲學的角度出發，考察了人們為什麼急於透過『現代』這一歷史處境走向『後現代』。羅逖從哲學的角度，思考後現代時期的精神危機，並開始其文化前景的新設計，詹明信則將後現代主義看作『晚期資本主義的文化邏輯』，認為正是這種文化邏輯導至了當代社會和文化的轉向」（李一，1994：15～19）。雖然如此，仔細檢查各家的論述，還是會發現他們對於後現代主義的來龍去脈的看法不盡一致。比較嚴重的分歧，正如一位學者所敘述的：

> 當代重要思想家和理論家伽達瑪 (H.G. Gadamer)、德希達、傅柯、巴特 (R. Barthes)、貝爾、哈伯瑪斯 (J. Habermas)、李歐塔 (J. F. Lyotard)、詹明信、斯潘諾斯 (W. Spanos) 也對分期問題提出各自不同甚至互相矛盾的看法。伽達瑪和德希達都認為後現代主義產

生於六○年代，是伴隨著現象學、分析哲學的式微和存在主義、結構主義的衰落，以新解釋學和解構哲學的興起為標誌而登上現代思想舞臺的；貝爾認為後現代主義是隨「後工業社會」的來臨而興起的，是社會形態在文化領域的反映，因此，後現代主義產生於六○年代；哈伯瑪斯則認為後現代主義興起於二戰以後，是一股反現代性的思潮，必須加以反抗；李歐塔認為後現代主義是後現代知識狀況的集中體現，因此，後現代主義的根本特徵是對「元敘事」的懷疑和否定，所以，他把後現代的興起看成是六○年代中期的事；詹明信則認為後現代主義是晚期資本主義的證候，標誌著對資本主義深度模式的徹底反叛，其興起時間是五○年代，與消費的資本主義有著內在邏輯一致性。當代美國思想家斯潘諾斯認為後現代主義的本質是「複製」，其世界觀是一種重偶然性、重歷史呈現性的「機遇」，其興起時間應追溯到海德格（Martin Heidegger）的存在哲學（王岳川，1993：6～7）。

面對這種情況，我們也許得像伯斯頓（H. Bertens）那樣姑且承認後現代主義有「階段性」的發展（1934～1964年是後現代主義這一術語開始應用和歧義迭出階段；六○年中後期，後現代主義表現出一種和現代主義作家的精英意識徹底決裂的精神，裹有了一種反文化和反智性的氣質；1972～1976年，出現存在主義的後現代主義思潮；七○年

代末至八〇年代中期，後現代主義概念日趨綜合和更具包容性。詳見佛克馬 (D. Fokkema) 等編，1992：14～43)，然後跟著柯勒 (M. Kohler) 的作法從中繫聯出它們的內在邏輯：「後現代主義並非一種特定的風格，而是旨在超越現代主義所進行的一系列嘗試。在某種情境中，這意味著復活那被現代主義擯棄的藝術風格，而在另一種情境中，它又意味著反對客體藝術或包括你自己在內的東西」(王岳川，1993：7引)。當然，談論後現代主義，也可以談到這麼「纏繞」：

> 就歷史意義而言，現代總是與上一代發生的事在交戰。在這同樣意義上，現代總是後某事的。現代終止於與自身交戰，不可避免地必然變為後現代。這種變為後現代的奇異邏輯，已由現代一詞的拉丁字源——modo，「正是現在」——所暗示出。因此，後現代一詞的字面意義即「正是現在之後」。很古怪的，一個有用的後現代藝術的定義，是來自「正是現在」否定了緊在其前之「正是現在」的這種兩難困境。根據法國哲學家李歐塔……那麼，什麼是後現代？……它無疑是現代的一部分。所有已被接受的東西，即使是昨天才接受的……都必須置疑。塞尚挑戰的是什麼空間？印象派的。畢卡索和伯哈克攻擊的是什麼物體？塞尚的。杜象在1912年破除的是什麼預設？說一個人如果必得作畫，就該畫立體派的這一預設。而比罕質

疑了他認爲杜象作品並未觸及的另一個預設：作品的展示處。一代又一代冒現。一件作品唯有先是後現代的，才能成爲現代的。如此理解的後現代主義，便不是指已達終點的現代主義，而是初生狀態的現代主義，而且這種狀態一直保持不變（阿皮格納內西 (R. Appignanesi)，1996：21～22）。

但這也不過預設著一種後現代主義，以及跟它相對的現代主義，別人的理解或認知不同，就未必會贊同該一說法。就個人的考察，在後現代主義發展的過程中，比較可觀或比較有震撼性的，是解構思想的出現。可以說解構思想使得後現代主義（在特定點上，不妨將二者等同看待）能夠顯出跟現代主義徹底決裂的態勢，同時也給予或建構了往後多元主義社會的理論基礎。也正是解構思想的出現，讓哈山 (I. Hassan) 在八〇年代所作的後現代主義和現代主義的系列對比成爲「可能」：

↕	↔
現代主義	後現代主義
浪漫主義／象徵主義	帕塔費西學／達達主義
形式（關聯的、封閉的）	反形式（斷裂的、開放的）
目的	遊戲
設計	機會
等級森嚴	無政府主義
講究技巧／邏各斯	智窮力竭／沉默
藝術客體／完成之作	過程／表演／發生的事件

距離	參與
創造／整體性	反創造／解構
綜合	對立
在	不在
有中心	分散
體裁／邊界分明的	文本／文本間的
語義學	修辭
語句組合	符號組合
主從關係句法	無關聯詞並列句法
隱喻	轉喻
選擇	組合
根／深層	塊莖／淺表
解釋／閱讀	反對解釋／誤讀
意符	指符
可讀的（爲讀者的）	可作爲手稿的（爲作者的）
敍述的／正史	反敍述／野史
偉大的密碼	個人習慣語
症狀	慾望
類型	變異
生殖的／陽物的	多形態的／兩性的
妄想症、偏執狂	精神分裂症
淵源／原因	差異——延異／痕跡
上帝即父親	神聖的鬼魂
玄學	反諷
確定性	不確定性
超越	內在性

（哈山，1993：153～154）

所謂「反形式」、「遊戲」、「無政府主義」、「沈默」、「解構」、「分散」、「文本間的」、「轉喻」、「誤讀」、「指符」、「變異」、「精神分裂症」、「延異」、「反諷」、「不確定性」等概念，都來自六○年代誕生的解構理論。倘若去掉了這一部分，恐怕就拼湊不出一幅後現代主義圖象。由於解構思想主要是因著語言性文本（如文學文本、哲學文本、神學文本、法學文本等等）和類語言性文本（如音樂文本、繪畫文本、雕塑文本、建築文本、劇場文本、電影文本，甚至社會文本、世界文本等等）而發，它可能構成本論述（本論述也是一個文本）一個潛在的威脅，所以有必要對它作一點回應。底下就選擇幾個比較重要的課題來討論。

第二節　能指／所指的斷裂

綜合的說，所有的後現代理論，在相當程度上極力的提供了一種對再現說的批判，以及對理論反映實體這種現代信仰的批判，並以「觀點主義式」、「相對主義式」的立場取代；對這種立場來說，理論最多只能提供關於研究對象的部分觀點，而且所有對於世界的認知再現都受到歷史和語言的限制。某些後現代理論還拒絕關於社會、歷史的總體化鉅視觀點，偏好微視理論和微政略。後現代理論也拒絕現代理論所預設的社會一致性、因果律，偏好多樣性、多元性、片斷性、以及不確定性。此外，後現代理論還放棄了許多現代理論所預設的理性、統一的主體，偏好一種

去（社會及語言）中心的、片斷的主體（參見貝斯特（S. Best）等，1994：22）。其中的關鍵，就是「語言」（文字）本身隱含了一個「內爆點」，而這個內爆點正好被解構理論家燃著了。

　　先來看一段由學者所整理的解構理論的歷史系譜：「就如結構主義者基進地攻擊現象學、存在主義、人本主義，後結構主義也攻擊結構主義思想的前提和預設。結構主義企圖建立文化研究的科學根據，追求基礎、真理、客觀性、確定性、系統……等典型的現代目標（按：結構主義可說是「現代社會」中最堅固的一個思想地帶），後結構主義便攻擊這種唯科學是瞻的身段。後結構主義者還批評結構主義理論並沒有完全斷絕人本主義的影響，因為它再製了人本主義式概念：不變的人類本質……德希達、傅柯、克莉絲特娃（J. Kristeva）、李歐塔、巴特一系列批判結構主義的著作，產生了一種理論激變的氛圍，並形塑了後現代理論。後結構主義者不像結構主義者把語言運作的範圍侷限在封閉的對立結構中，他們賦予意符凌駕意指之上的首要地位，以便彰顯語言的動態生產性、意義的不確性，並拋棄陳舊的意義再現架構。傳統意義理論認為：意符仰賴於（清醒意志所掌握的）意指。後結構主義則認為：意指只是無休止的指意過程中的環節，在指意過程，意義並非產生於主、客體之間的穩定指示關係，而是產生於無限的、文本之間的意符運作。用德希達的話來說：『意義的意義在於無限地暗示，意符不確定地指示意指……意符

的力量在於某種純粹的、無限的模稜性，無休無止地賦予意指意義……意符總是一再地指意、製造差異。』這種德希達稱之為『播散』的指意生產不會侷限於外在強加的結構限制……語言和論述的新理論，引發了攻擊現代哲學最根本預設的基進批判。這些批判主張：現代哲學試圖建立一套足以保障哲學系統的知識、真理基礎，其實是一個不可能實現的夢想，現代哲學正是被這個夢想所摧毀。現代哲學對待語言、知識的基礎主義取向，德希達稱之為『現存形上學』，它試圖確保主體能夠不憑媒介、直接通往實體。德希達認為：支配西方哲學與文化的二元對立（主體／客體、表象／實體、言說／書寫……等等），建構了絕非單純的價值階序，此一階序不只保障真理，還用來排除、貶抑所謂劣等的概念或立場。於是，二元形上學便讓實體凌駕表象、言說凌駕書寫、男人凌駕女人、理性凌駕自然；肯定實體、言說、男人、理性，否定所謂劣等的表象、書寫、女人、自然。許多後進的後結構主義者和後現代理論家依循著德希達的結論：必須徹底解構現代哲學並發展一種嶄新的哲學實踐。尼采、海德格、維根斯坦、詹姆斯、杜威，還有薩德爵士、巴太易、阿爾陶都是對哲學進行後現代式批判的先驅。特別是尼采對西方哲學的攻擊，加上海德格對形上學的批判，導引了許多理論家質疑哲學和社會理論的基本架構與深層預設。尼采以銳利的哲學批判拆解西方哲學的根本範疇，他的哲學批判提供了後結構主義式批判和後現代式批判許多理論前提。尼采攻擊諸如：主

體、再現、因果律、眞理、價值、系統等哲學概念,並用觀點主義取向代替西方哲學,尼采的觀點主義認爲:沒有事實只有詮釋、沒有客觀眞理只有個人或羣體的建構。尼采蔑視傳統哲學,並召喚哲學化、寫作、生活的新模式。他堅持所有語言都是隱喻式的,主體也不過是語言和思維的產物。他攻擊理性的虛矯姿態、爲身體慾望辯護、主張藝術比理論更能增進人類生活。尼采和海德格都對現代性提出徹底的批判,他們的看法影響了後現代理論。尼采認爲現代性是一種先進的頹廢,所有『較高級類型』(的優越性)都被理性主義、自由主義、民主體制以及社會主義所夷平,人類稟賦遂陡地衰退。海德格也批判現代和再現主體,分析技術和理性化的腐蝕作用。對於海德格而言,人本主義的勝利以及對自然和人類所施加的理性支配,是蘇格拉底、柏拉圖以降『存有的遺忘』過程的最高階段。海德格摧毀西方形上學的歷史,要求新的思考模式與關懷模式,以拒絕西方的思考模式、建立一種更『根本的』與存有的關係。海德格的兩個立場——基進地拒絕現代性、倡導前現代的思考和經驗模式——都影響了後現代理論。後結構主義者立基於尼采與海德格的遺業,強調差異的重要性高於統一、同一,主張意義應該發散而非封鎖於總體化、集中化的理論或系統之中。事實上,後現代理論經常打破哲學與文學理論之間的界限,或哲學與文化批判、社會理論以及其他學術領域之間的界限。打破界限或質疑界限,不僅顚覆了制式學術界限和學術活動,也產生比較詼諧

的、多樣的寫作方式」（同上，40～44）。後結構主義是否根源於尼采和海德格的學說，當然可以有不同的看法（我們真要說後結構主義——以德希達為首的解構理論最「強勢」——還是為了要抗拒尼采和海德格的學說，也未嘗不可。因為照後結構主義的理論鋪展來看，實在可以宣稱尼采和海德格他們根本還沒有察覺到語言自身所隱含的衍生力量。只有憑這一點，才能「破解」語言所建構的理論神話，以及主體理性的主導力等等），但它所指出的語言指意鏈已被後結構主義家戳破，並用來解構先前的各派理論，卻是重點所在。

過去傳統的語意學，認為語詞有指涉外物，也有內涵（參見戴華山，1984：201～205；何秀煌，1988：103～108），所以聯結各語詞也就可以用來描述事物、建構圖象或傳達思想感情。這點遭到結構主義家強烈的質疑和批判：他們認為語詞的指涉是任意的、是約定俗成的（能指或意符和所指或意指之間不具有強制性或必然性）（參見索緒爾，1985：90～96），而語詞的內涵是相互牽連的或相互指涉的（不具有絕對性或確切性）（參見朱耀偉編譯，1992：5～22），因此，傳統語意學所認為聯結各語詞可以達到描述事物、建構圖象或傳達思想感情的目的，自然就成了不可信賴的虛設了。在這種情況下，任何語言結構體（文本）就跟語言使用者、外在環境等等沒有關聯，而純為從語言貯存庫中摘取一系列語詞的遊戲活動，語言使用者從此無法宣稱語言要表現什麼或反映什麼。套句巴特的話說，如

果有人希冀表達他自己或反映外在事物，他至少必須明白他所想要加以詮釋或迻譯的內外在事實本身，就是一部早已形成的詞典，當中的字詞只有藉其他字詞才可解釋，而其他字詞又得藉別的字詞才能說明；依此類推，永無止盡（參見吳潛誠，1988：127～129引述。按：巴特的說法，已經要過渡到後結構主義陣營了）。不過，這還是有它的封閉性和穩定性（語言有固定的自我指涉──也就是每個能指都能找到所指），對語言的反省仍不夠「徹底」。直到德希達出來(許多人直稱他的學說為解構理論或解構主義)，才發現語言的「指意連鎖」現象，從而又翻轉了結構主義的講法。他從結構主義所確立的語言體系中，去其封閉、穩定性的一面，保留差異性的一面，而開啟意符無窮耽延和變異的觀念。在耽延和變異中，能指沒有指涉。因為指涉只有從所指才能知道，而所指本身就是一個能指；該能指又跟其他有差別的能指相串連（如愛，指喜歡；喜歡又指其他……），永不停息。從此，德希達主張以書寫來代表語言模式（一方面拒斥現呈以及先驗存在的概念；另一方面否定所指在能指之上的觀念）；而在書寫的文本中，符徵作用永遠不可能歇止在一個絕對的「現呈」上，它沒有固定的始源、可資辨認的中心或終極的指涉。也就是說，它的意義是無從確定的（任何一個符號或一系列符號都不可能有確定的意義）（參見張首映主編，1989：468～486；朱耀偉編譯，1992：42～54）。這就是語言的「延異」（différ-ance）現象，也就是語言自身所隱含的一個內爆點──可

以無窮衍生或輻射意義。因此，能指和所指之間的連線終於斷裂了；沒有人能夠再從語言本身入手，去將能指和所指加以接合。

　　德希達的解構理論的出現，自然有它的意義，「可以認為，索緒爾僅僅將差異性涉及能指，因為，他仍要堅持概念意義與聲音形象（即所指與能指）二者的區分，僅僅將差異性特徵用於能指，沒有將差異看作是本源。他已經走到區別差異的門鑑卻最終沒能邁過去。對此，德希達認為索緒爾仍然停留在語言中心主義層面。德希達認為，這種將任意性原則和差別性原則侷限於能指，而不是用於包括所指在內的整體的做法表明：能指與神學邏各斯中心主義有一種直接關係，這樣的能指猶如始終依附於其所指對象一樣，始終求助於一種創造的存在或一種既定的思想性言語。這被德希達斥為形而上學和神學中心論。在這裏，解構的目的呈現出來：打破這種千古以來的形而上學的迷誤，拆解神學中心主義論殿堂，將以差異性原則作為一切事物的根據，打破在場，推翻符號，將一切建立在『踪迹』上，並以書寫的沈默的非現在性去替補語言中心主義的聲音的現在性，從而突出差異以及存在的不在場性。德希達已經看到解構神祕而強悍的力量，他就要將這種力量加之於『邏各斯』之上。他在破除魔咒與顛倒秩序中，成為一個反語嘲諷和天啓般妙語雜糅的思想叛逆者」（王岳川，1993：78～79）。這樣的理論，參與了後現代社會的運作，使得現代社會以來所摶成的「表象」文化（透過語言符號

的組織，代表或表達這個世界——這可以延伸到科學、藝術和政治的各個方面），逐漸被「擬象」或「假象」的文化所取代：

> 「表象」發展到後現代，表象不再只是表象了。因爲就語言學來講，表象總有一個「所指」，如今「所指」已經消失了，再也不是爲了指出實在世界任何一個地方。換言之，「表象」在後現代裏面轉變成一種「擬象」。被拱爲後現代的大師的法國思想家鮑德瑞亞，他給了「擬象」一個很好的名字，叫"Simulacre"。所謂「擬象」就是說只有一個影像，根本就沒有實在，你也不必追問實在是什麼。整個後現代的文化基本上是一個假象的文化。換言之，寫一篇文章、作一個電視節目、提供的消費的東西……都是給你一個擬象，廣告告訴你今天想買這個、明天想買那個，不斷的買，這其實只是個擬象，它根本不是實在，眞正的實在只有你的慾望，也就是它都有同樣一個所指——就是「慾望」，慾望不斷的在要求滿足。文學作品、藝術品也是一樣在滿足這點，都是不斷重複一個故事，就是慾望，雖然是不同的符號，但事實上只代表了慾望本身的跳躍。就像股票一樣，事實上，玩股票對於那些投機者來講是沒有什麼實在性的，買進賣出，就看到股價節節升高，而慾望也隨之跳動。由「表象」演變成「擬象」，甚或幻滅（伍至學主編，1993：15～21）。

如果承認能指／所指的斷裂是必要的，而由「表象」文化轉變爲「擬象」文化或「假象」文化也是理所當然的，那麼個人在前面所建構的一套語言文化學勢必也要遭到瓦解的命運。但我們別忘了，從解構理論興起以來，大家都很「清楚」的意識到解構理論的存在，而後現代社會背後所隱含的「慾望」也沒有立刻變成另一個能指飄失掉（它可能是最堅固的潛在所指）。這豈不顯示了解構理論還有些東西解構不掉（包括它自己），而所有的「擬象」文化或「假象」文化，其實也不過是個「表相」（它骨子裏仍在變賣著現代社會中的東西）。這樣一來，還是大有可以論說的空間（詳後）。

第三節　中心／邊緣的泯滅

　　因爲解構理論家對解釋的深度模式的消解（解釋預設現象和本質的二項對立：現象是虛假的，只有透過現象才能深入本質，探測到被表層遮蔽的作品的內在意義），而以解構思想爲原動力的後現代主義，頓時也以一種淺薄的平面感對立著各類的深度模式。有人認爲「後現代主義平面感所要打破或削平的是四種解釋，或四種深層模式：第一種深度模式是黑格爾式的辯證法對現象與本質的區分，這種內與外的對立，使人們的思維總是要由外向內深拓，現象被拋棄，內部深層才是目的。後現代主義與之相對，專門注意表面，只討論作品本文，不涉及內層（象徵、寓意），

不承認內外表面的對立，拒斥挖掘任何意義；第二種深度模式是佛洛伊德的表層——深層的心理分析模式，後現代主義徹底拋棄表層下面的深層壓抑的說法；第三種深度模式是存在主義關於眞實性與非眞實性，異化與非異化的二項對立。後現代主義堅決拒斥所謂可以從非眞實性下面找到眞實性的說法，並宣布『異化』這一概念值得懷疑；第四種深度模式是索緒爾的符號學所區分的能指與所指，後現代取消了這種對立的區分，從而也取消了深度」（王岳川，1993：237）。後現代主義這種削平深度模式的作法，「就是消除現象與本質、表層與深層、眞實與非眞實、能指與所指之間的對立，從本質走向現象，從深層走向表層，從眞實走向非眞實，從所指走向能指。這實際上是從眞理走向本文（文本），從爲什麼寫走向只是不斷地寫，從思想走向表述，從意義的追尋走向本文的不斷代替翻新」（同上）。總歸說來，就是要破解二元（現象／本質、表層／深層、眞實／非眞實、能指／所指等等）對立的模式。而這是由解構理論家德希達率先親自實踐示範的：

　　專門針對二元對立系統及其架構所造成的等第（男／女、口語／文字、自然／文化、眞理／虛假、理性／瘋狂、中心／邊緣、表面／深層、文學／哲學等），並以「雙重讀法」析出被排除的因素，正是由賈克‧德希達所倡導的「解構批評」所擅長的。在《文字科學論》裏，德希達主要是質疑傳統的符號、文字觀。據

他的看法，自柏拉圖以來，西方的語言哲學便一直是「理體爲中心」系統，將眞理的本源歸給説話的聲音……這種「語言中心觀」締建起種種的等第：聲音／文學、講話／書寫、聲音／沈默、存在／非存在、聲音稿本／非聲音文字（話本／擬話本）、意識／無意識、本源話語／次要符號、實相／影像、内面／外在、物自身／符號、本質／現象、意指／意符、眞／僞、演現／隱無等，不斷強調前者的優越性。德希達對索緒爾所代表的「語言中心」觀語言學加以抨擊，一方面指出索緒爾以抽象方法限制住語言的内在系統，一方面則剔出索緒爾本身的論述其中如何不自禁地以書寫文字爲語言分析之對象，亦即文字（倒非語音）反而是語言的源頭（按：語言早已文字軌迹的方式寫在人的腦海中，已運用了文字產生意義的原則，乃與「書寫」文字無異——都得依賴「延異」的原則）……換句話説，軌迹構成語言的意義，書寫文字產生語言（廖炳惠，1985：2～8）。

其中除了中心／邊緣一組大略可以獨立出來談論，其餘各組似乎都可由能指（意符）／所指（意指）一組統攝。後者已在前節討論過了，現在就專談前者部分。

中心／邊緣界線的消除，也是德希達首先給予理論上的確定：「在德希達看來，結構主義仍然是西方形而上學的邏各斯中心主義（logocentrism）的支脈，必須加以消

解。邏各斯中心主義來源於希臘語邏各斯 (logos)，意即『語言』或『定義』，是關於正確闡明每件事物是什麼的本真說明。《聖經·新約》說，『萬物始於詞語』，將語言看作無可爭議的中心和基礎。〈約翰福音〉將邏各斯看作與上帝同一，因而成為全部真理的終極本源。而當人背離上帝而墮落下凡時，與真理相對的謬誤得以產生，邏各斯不再呈現在人面前，一度存在著的真理也遮掩不彰。因此，西方哲學普遍認為，邏各斯是一種主張存在著關於世界的客觀真理的觀念，這一觀念包含著一種對『中心』的固持，一種返回本源並且永恆地、本真的直面真理的希冀。德希達將西方形而上學邏各斯中心主義看作一個自我擊敗的『魔咒』。按照這一『神話』所說，語言是由語言實體的真實本性所指導，而且能夠以某種方式反映和理解這一非語言實體的真實本性。它引發出這樣一種觀念，即存在著固定不變的真理，超出語言之外的事實，它們作為對象呈現給言說者，並在實際的語言交流中被把握。因此，哲學和科學作為符號系統可以透過理性、證據和爭論去發現事情本身和真理，從而創造意義。德希達以一種揭底的方式指出，在邏各斯中心主義的籠罩下，哲學和科學忘記了它們的邊緣，忽視了形成自身的語言構成力量，去假裝直接理解世界。於是，哲學與科學只能設定它們關於世界、真理、本源、因果的一切研究的在場，都能在日常語言中被涉及、把握和傳達，這種形而上學被德希達稱為『在場的形而上學』。邏各斯中心主義從本質上認定某一認識真理的方法

優於另外一些方法，這使得西方傳統的形而上學思維方法建立在一正一反二元對立的基礎之上……這種等級秩序所證明的無非是二元對立的前一項優於或先於後一項，因而前項是首位的、本質的、中心的、本源的，而後項則是次要的、非本質的、邊緣的、衍生的……因此，哲學就以一種先在性的理想化方式，成爲返回本源的、純眞的、規範的和自身同一的始源上去的偉業，然後去指涉衍生物、複雜物和現象事物等等。在這種形而上學的二元對立中，哲學家們強調的是統一性、同一性、確定性和直接性，而貶斥矛盾性、差異性、不確定性和間接性。對這種形而上學的主次秩序，德希達指出，『解構最重要的是，在一特定時候推翻等級序列』……因此，在解構者看來，無論是哲學的，還是科學的，或者文學的話語，任何被看作固定的和確定的意義都是虛幻的。意義是流動的和易變的。那種所謂確實的眞理範式是一種創造，是適合於我們目的的想像的虛構。這種想象僅僅只是成功地掩飾了意義的非確定性，而不是清除它的非確定性」（王岳川，1993：79～82）。

這是從語言具有自我衍生力量的角度來破解中心／邊緣二元對立觀，大體上並沒有什麼問題。唯一可議的是中心／邊緣的對立是由觀察者權作選擇而劃分的，也就是觀察者站在他所構設的中心點，將不在中心點的部分圈出而視爲邊緣。這樣只要有人能指出該中心點不成立，那相對的邊緣也不存在了。這同在後結構陣營的克莉絲特娃、巴特等人的說法，是可以提供一個解決的辦法。克莉絲特娃

說：每一個作品（文本）都是許多作品的交匯，從中至少可讀到另一個作品。我們一旦在作品中讀到其他作品，或看出作品依賴其他作品，將它們吸收、變化，我們就邁入了交互指涉的空間。在這一空間裏，作品是以引用文句的鑲嵌方式組成；每件作品擷取自另一作品，並加以轉化。交互指涉的觀念，於是取代了互爲主體的概念（參見廖炳惠，1985：270引述）。巴特說：作品不再是要「記載、充當備忘、再現或描述事實」，成爲某一「內在靈魂」的表達。作品毋寧是擷取自不同文化，彼此以對話、降格、爭論的關係匯集的多重文字（同上，272引述）。這種「文本互涉」觀念一旦成立，那就無所謂中心／邊緣的問題了。此外，我們還可以從中心點的設立，必有其設立的標準處加以質疑，大致上也能解消中心／邊緣的對立。也就是說，任何的標準背後，還得有標準，以至沒有眞正的標準或終極的標準（如果有，也是無限延後的）。那像本書這樣辛苦的想建構一套語言／文化觀（試圖成爲新的中心），豈不白費心力？這又不盡然。本書所建構的這套語言／文化觀，在相對上還是必要的。試想大家願意讓中心／邊緣界線永遠的泯滅嗎？假使不以「專斷」或「權宜」的方式來限定一個中心點，那麼任何事情都將失去衡量的準則，生活也會陷於沒有對象可以憑依的窘境。

　　正是人必須或不得已要專斷的或權宜的來限定一個中心點，使所做事及所過生活有個依循，才讓上述的論說多半只能停留在「理論階段」，還無法完全瓦解現實的中心／

邊緣二元對立觀。何況這些要解構別人作法的理論本身，也很弔詭的在自我解構（如「任何一個詞都處於『延異』狀態中，而『延異』自身也是延異的」之類。參見楊大春，1994：29～35）。試問在這種情況下，有多少人會心悅誠服的接受它？

第四節　主體退位

　　順著解構理論的脈絡來說，旣然能指／所指斷裂了，中心／邊緣也泯滅了，那作爲原被認爲可以驅使能指／所指、設定中心／邊緣的主體，也該退位了。首先是其他後結構主義者（如巴特、傅柯等）提出「作者死亡」（主體死亡）說，除了認定作品（文本）只是純粹的語言的符徵體系，它的作用完全來自該體系的構成因素（有差異原則）的互動關係，而不是來自符徵和外在眞實的關係；還主動宣稱寫作解除了作者的聲音及其本源，或寫作只是指向本身，它像一場遊戲般呈現，不斷地違反自己的規則及超越自己的限制，而在寫作中「重點不是要顯示或提升寫作的行爲，也不是要把主體固定在語言中，而是要創造一個空間給寫作主體經常地消失的問題」（參見朱耀偉編譯，1992：19、57；廖炳惠，1985：272～273引述）。而後是德希達把它推到極端：他認爲作者（主體）是語言中的差異的自由遊戲運作所產生的效果，恆在語言的汪洋大海中載浮載沈，不知所始，也不知所終；沒有起源，沒有終極目

的，也沒有中心。於是所謂的作者，不過是一個名字，不過是擺列在一份文本前頭或末尾的一個符號標記而已。因為只有文本，別無其他（文本背後從來就沒有任何東西，只有替補，只有在一系列的差異指涉中才能出現的替代的示意作用）（參見吳潛誠，1988：130～140引述）。

德希達的作法，被認為是在玩「人（主體）的遊戲」：「德希達關於人的看法可以用『人的終結（目的）』這一有歧義的詞組表達。他玩弄遊戲，認為人介於兩種end之間：人達到目的了，因而終結了；人終結了，因而達到目的了；人的終結和人的目的或人的目的和人的終結……德希達不僅玩人的概念的遊戲，他還玩弄實實在在的人的遊戲。蘇格拉底就是他的玩物之一。蘇格拉底述而不作，人們對他的思想和生平爭議很大，人們爭論不休的是他的『本來面目』是什麼。德希達不願陷入紛爭，他只把蘇格拉底當作一劑『藥』，藥可能有益，可能有害，因而就不可能有固定的形象，而這完全類同於蘇格拉底；有些人將他看作是道德家、追求智慧的人和知識的接生婆，另有些人則將他看作是智者、術士、放毒者、騙子，以至德希達提出，『蘇格拉底是這樣一種存在，沒有什麼無矛盾地界定的邏輯可以包容之』。蘇氏是一個反反覆覆、難以捉摸的人，是玩對立面轉化遊戲的高手」（楊大春，1994：141～145）。以蘇格拉底為例，如果蘇格拉底的一生作為是個文本，而蘇格拉底就是這個文本的作者，那麼這個作者不可能有固定的形象或根本同該一文本沒有什麼關聯（或無從確定是什麼關

聯)。

事實上，主體在整體後現代情境中，還被「虛位」化
或「非理性」化了：

> 自啓蒙運動始，人的主體性便被精神科學賦予至高無
> 上的地位。啓蒙運動最突出的成就之一就是主體的發
> 現和宏揚。然而，二百多年來的社會狀況和人的實踐
> 日益證明，所謂的主體性只是形而上學思維的一種虛
> 構而已。事實上眞正的主體性並不存在，主體始終處
> 在被統治、被禁錮的狀態。在後現代哲學家如拉康、
> 德律茲和瓜塔里看來，如果要說主體，那麼應當說存
> 在著兩種主體，一種是「眞正的主體」，一種是「虛假
> 的主體」。眞正的主體並不存在於意識哲學、認識論和
> 自我心理學所試圖尋找的地方，即不存在於反思的思
> 辨遊戲之中，因爲，反思的主體已經是一種「異化了
> 的主體」。願望、慾望、生命的本能衝動是驅動人這一
> 有機生命機器的「電流」，它在佛洛伊德那裏是「力必
> 多」，在叔本華那裏是「生命意志」，在尼采那兒是「權
> 力意志」，在拉康那兒是「潛慾」。這種本能慾望和願
> 望構成了生存的「基本動力」，早在佛洛伊德所稱之
> 「俄狄浦斯」這一象徵性的形象出現並被用來表示「無
> 意識」之前便已存在。願望和慾望或本能衝動的「俄
> 狄浦斯化」，即它的「信碼化」，是將它們納入社會和
> 理性的秩序所導至的後果，是隨著文明的產生和人的

社會化、文化化而開始的。在信碼化或俄狄浦斯化的過程中，本能的願望和慾望日益被壓抑，被排斥，被逐出意識，只能成爲「陰影」或叔本華所説的「想像」從而導至了它的「無意識化」，導至了人的分裂、主體的分裂。在《反俄狄浦斯論》一書中，德律茲和瓜塔里把這一過程分爲三個階段：一、「野性時代」，即氏族社會，「血緣關係」的信碼將一部分本能慾望逐出意識；二、在「專制國家」建立後，宗教教義的信碼又壓制了另一些本能的衝動，使其成爲陰影；三、啓蒙運動倡導的理性的信碼將殘留的本能願望和慾望最終逐出了意識。於是，秩序這一象徵性的符號系統和結構便成了「俄狄浦斯情結」（即「戀母情結」）中象徵性的父親或「超我」，而主體則被分裂爲「意識」和「無意識」。在後現代哲學眼裏，眞正的主體，即本我或本能的慾望衝動或無意識，是戴著荆冠的受苦受難的基督，但同時，它又是眞正意義上的叛逆者，在本質上是桀驁不馴的、顛覆的、反秩序的(錢善行主編，1993：89～90)。

這是説一般人所認定的「主體」是不存在的或虛假的（另一種説法是「主體作爲現代哲學的元話語，標誌著人的中心地位和爲萬物立法的特權。然而，在後現代主義中，主體喪失了中心地位，已經『零散化』而沒有一個自我的存在了。『我』這一概念，也僅僅成爲語言所構成的影像而已。

後現代人對人的主體失落的透視，是藉助於拉康、傅柯的解構『目鏡』的。語言及其社會性賦予人一個『自我』的概念，這一概念只是像鏡子提供給人一個映像而已。另一方面，後現代人在緊張的工作後，體力消耗得乾乾淨淨，人完全垮了，這是一種非我的『耗盡』狀態。這時，那種現代主義多餘人的焦慮沒有了立身之地，剩下的最後現代式的自我身心肢解式的徹底零散化。在這種後現代主義的『耗盡』裏，人體驗的不是完整的世界和自我，相反的，體驗的是一個變了形的外部世界和一個類似『吸毒』一般幻遊者的『非我』。人沒有了自己的存在，人是一個已經非中心化了的主體，無法感知自己與現實的切實聯繫，無法將此刻和歷史乃至未來相依存，無法使自己統一起來。這是一個沒有中心的自我，一個沒有任何身分的自我」（王岳川，1993：240）。這跟上一種說法雖然有些差距，但這都是後現代情境中所見的）。

> 後現代所要否定的是在現代中「理性」的成分。再也沒有各種後設的大理論，再也不要去大談精神成長的過程、主體的意義、客觀的知識……這些後設的、整合的大理論。而科學家們仍不斷地在工作，但只是瑣瑣碎碎地告訴我們一些新的觀念，我在做什麼、我繼續在做……都是變成局部化的、瑣碎的知識，再也沒有一個統合的言說。甚至也不以「爲藝術而藝術」，或「爲人民而藝術」等後設的敘述來作爲支持。此外，

當然，此種「否定」還包含對「工具理性」的否定，也就是對一種想要運用手段來達到目的的理性之否定。然而，最爲深刻的是否定理性原有的二元邏輯觀。二元的邏輯就是「非眞即假，非假即眞」；「非善即惡，非惡即善」；「非美即醜，非醜即美」。即在認知、價值和權益上面有一個嚴謹的判準，這個嚴謹的判準是不可兩全的。所以這種邏輯基本上可以稱作是"either/or"——或者是眞、或者是假，不可以兩全……這種否定理性原有的邏輯，是後現代十分重要的精神（伍至學主編，1993：22～23）。

這是說一般人所認定的主體所具有的「理性」，已經無法再被用來控制任何（制式）活動的進行。換句話說，主體被「非理性」化了。然而，在能指／所指並未眞正斷裂，中心／邊緣也未眞正泯滅的情況之下，主體只是被「強迫」退位，實際上他仍具在的、理性的主導著一切的活動（詳下）。

第五節　權力話語再現

「現代主義所鼓吹『一個外在物象躍入一種內在的情境』（龐德語）那種內指性——所謂物含情物表意的主觀活動，在後現代藝術裏淡化消失。代之而起的，我們可以稱爲物象的享樂主義……只有外而無內；只有表(表面物象)

而無裏（內在本質）；只有秀（show）而無隱（尤其是沒有心理學上的隱情之隱）；只有意符而無意指。代之而起的是本文和論述的遊戲，或多種表面的互為指引。至於現代主義裏常表現的焦躁、孤絕、迷亂那種有關主觀我（主體）的異化，現在則變為主觀我的碎片化（或稱主體之死亡）。這個布爾喬亞的所謂自主自足的自我（即所謂秩序起結於自我意識），在後期資本主義的發展中，被高度組織嚴密的機關政治所淹沒、偏離而至死亡。這個凝融或容納物象的主觀我既已碎滅，自然也就沒有獨特風格的出現。以情為中心的主觀活動既已消失，代之而起的是一種不以情為綱的濃度與強度，一種自由浮動，非個人性的情緒，發散出一種舒泰與安樂。主觀我的組織意識中常見的串連時間觀和空間感，也隨著主觀我的消失而消失，而把並時性的空間關係突出」（葉維廉，1992：21），類似這種略帶總評性的後現代論說，固然在相當程度上難以反駁，但別忘了，並不是每個人都認同這個「事實」或都在實踐這個「事實」，表面的繁複和不確定感，可能是在襯托或凸顯內在的「個別」或「集體」的單一意識或價值觀。

　　沒錯，正有人在「無意」中替我們勾勒出來了（所以說它是無意中勾勒出來的，是因為論者原是在論述後現代性，沒想到這正好可以用來理解其他的後現代性）：「事實上後現代的『批判』，是以某種方式延續了康德的批判。而康德所謂的『批判』是什麼呢？康德在批判一樣對象的時候，譬如說批判知識、批判道德，或是批判美感，就是在

追問：知識、道德，或是美感是如何成爲可能的？所謂『批判』，就是拆解獨斷論，並追問所批判對象成爲可能的條件何在……後現代的批判是延續康德這個說法，就在於它也追問什麼使文學、藝術成爲可能？像後現代的文學批判就是在追問：究竟什麼使這首詩、這篇小說、這篇散文、或是說這整個的寫作方向成爲可能？但是它再也不是追問：這個在主體裏面的什麼能力或先驗的形式使它成爲可能。它追問的是究竟什麼權力、什麼制度使這文字作品成爲可能？所以後現代主義把康德的批判移位了，從『主體』轉移到『權力』和『制度』。換言之，許多現代的文學批評，尤其像結構主義或是現象學，在追問一篇文學作品的時候，所追問的是其結構和意義的問題。但是後現代的文學批評把這點轉移了，不再追問結構和意義，而是追問權力和制度。換言之，是在何種權力和制度之下，才使某個當道的言說成爲可能。在這種情形之下，我們也可以理解像詹明信的看法，他認爲，事實上這些文字作品與藝術，也是意識形態的一部分，而這個意識形態之所以能夠凝聚人心，造成一些統合的力量，是因爲它裏面有某些烏托邦的成分，因而成爲一種『政治的潛意識』，維繫了某種權益、權力的延續。換言之，對詹明信而言，意識形態是某種政治的潛意識，可以維繫某些權力的繼續運作」（伍至學主編，1993：18～19）。更直接的說，是「權力」意志使得一切言說成爲可能。而這也是一些後結構主義或後現代主義思想家自己所發覺的：

就目前的情況而言，我必須把權力看作強制後現代相對主義的一個因素，限制批評多元性的一個因素⋯⋯然而對這個問題作出最狡詐的思辨的卻是傅柯。從《瘋狂和無理性》（1961）發表以來，他的全部工作就是揭示論述的權力和權力的論述，發現知識的政治⋯⋯傅柯依然堅持認爲，各種無中心的、漫無邊際的實踐「體現在技術過程、典章制度、習俗禮儀、團體機構、行爲舉止以及傳播交際的形式中」。但是，他也接受了尼采的那個前提，即認爲一種自私的興趣是先於權力和知識而存在的，是這種自私的興趣使權力和知識成型，並把它們納入自己的意志、慾望、觀樂和追求中⋯⋯根據傅柯的看法，批評既是慾望的論述也是權力的論述，總之是一種論述，一種從個人的淵源上說是意欲的、動情的表達方式。然而，像詹明信這樣的新馬克思主義者卻寧願把批評置於集體的現實上，在馬克思主義的傳統中辨別和「評述以社會階級爲基礎的『正面解釋學』和受無政府主義的、個人主觀經驗限制的（負面解釋學）的區別，並把前者放在優先的位置上。」與此類似，像薩伊德這樣的左派批評家也願意堅持說，「權力和權威的現實⋯⋯正是使文本能夠存在、能夠走向讀者、能夠引起批評注意的現實」（哈山，1993：271～273）。

正是權力意志（不論是個別性的還是集體性的）的存在，

使得主體不會退位（他永遠會想要逐行權力意志），也使得中心／邊緣不會泯滅（主體會強為它標出界線來）、能指／所指不會斷裂（主體會強以某一特定所指給能指）。伊格頓（T. Eagleton）《當代文學理論導論》一書中說：「如果我們對語言仔細審視一番，看作紙上一連串的能指詞，意義最終很可能是不確定的；當我們把語言看成我們做的某件事，同我們的實際生活形式不可分離地交織在一起時，意義就成為『確定的』，像『真理』、『現實』、『知識』、『肯定性』等詞語就恢復了原來的力量。這當然不是說，語言因此就成為確定的和明白易懂的了。恰恰相反，它比最徹底地『分解了的』文學文本更加晦澀和矛盾。只有這時，我們才能夠以一種實際的而不是學究的方式看到，那些東西算是明確無誤的、可信的、肯定的、真實的、虛假的等等，並且看到在語言之外還有那些東西捲入這些界定之中」（伊格頓，1987：142）。伊格頓這段話正無意中道出了主體確有上述的能耐。

權力意志左右話語（言說或論述或論說），這是後結構主義或後現代主義思想家承襲尼采知識／權力說而提出的（參見貝斯特等，1994：56～57），可以視為權力話語的再現。麥克唐納（D. Macdonll）《言說的理論》一書，對於這點有總結性的討論：言說（話語）隨著言說在它裏頭成形的各種制度設施和社會實踐的不同而有所不同，也隨著那些言說者的立場和那些被他們說教的言說接受者的立場不同而有所不同。換句話說，言說是社會的，是意識形態

的實踐,最終要遂行言說者的權力意志（麥克唐納,1990：11～14）。而我們也正好可以利用後結構主義或後現代主義思想家的這一自覺,來回應他們原先所強力推銷的解構策略。也就是說,解構策略也是權力意志所促使的,在解構不了權力意志的前提下,自然也解構不了主體、邏各斯中心主義及舊有的文本觀。至於後現代情境中所存在的多元論述,那是由集體的權力意志散化為個別的權力意志後的結果（也就是由集體的權力意志所促使的統整性的一元論述,被個別的權力意志所促使的非統整性的一元論述所取代──合個別的一元,就成多元──事實上沒有一種論述會失去主體、會忘卻理體、會遺落所指）。包括本書的論述,都是權力意志在給予終極性的保證,這是如何也難以否定得了的。

第六章　後現代之後

第一節　論述的權宜性標記

　　經歷了半個多世紀的後現代，人類發現後現代也像現代或前現代一樣，不免出現了頹勢，而紛紛在追問或尋找「後現代之後」：

　　後現代主義之「後」會是什麼？世界文化的未來走向何方？人類精神靈魂的歸宿在那裏？這是詹明信目前思考的焦點，這也是他較其他文化思想家棋高一著之處。詹明信清楚地看到，今天，在理論上有所發現的英雄時代已經結束了，後結構主義的顛覆和遊戲業已出現衰頹迹象，西方馬克思主義的自由解放的許諾亦遠未兌現。因此，有迹象表明，將會在文化和批評界出現一種反擊解構主義理論的潮流，即出現一種新形式的文化保守主義。然而，這種一度死亡的文化保守主義的重新擡頭並非春信。詹明信認爲，令人欣慰的

是，現在已普遍出現了另一種新的歷史文化思潮，那
就是倡導返回歷史的新歷史主義。這是一種走出價值
「平面」，重獲精神「深度」的努力，一種告別解構走
向歷史意識的新的復歸。新歷史主義將重新呼喚新的
歷史意識，它的旗幟上寫著「文化」和「意識形態」。
新歷史主義必將走上文化和詩學的前臺，這一點，詹
明信堅信不疑（王岳川，1993：249）。

這暗示了「舊帝國」（文化保守主義）的反撲，將是後現代
之後的狀況。而既然是舊帝國反撲，那它就不會只限於某
一舊帝國：「我們能想像得到後現代主義可能會怎樣結
束？以什麼做結束？如前所見，它連個具體可指的開始都
沒有，只是一種被延續著的在現代性之中的糾纏。某些趨
勢看來像是新的，但事實不然。(1)一名遊戲者，即『共產
主義』，從場上消失——五〇年代晚期就有人如此預測，卻
不真的可信；(2)電腦空間——資訊技術與巨碩媒體的總成
——是『超級』現代之種種發展的產物。傅柯去世（1984）
前不久，曾籲求重新思考『啓蒙時代』。似乎已出局的那些
『壯觀大敍事』哲學家，突然又都回來了……。另一個『幽
靈』正等著再度出場：浪漫主義。也許此一幽靈將帶來我
們正在尋求的治療法。後現代主義的唯一治療法，便是無
法治癒的浪漫主義病」(阿皮格納內西，1996：174～175)、
「後現代理論發展迄今，已經出現了一些根本的缺陷。大
多數的後現代理論傾向於化約、對競爭觀點的獨斷排他、

過度狹窄。大多數的後現代理論忽略了政治經濟學並且未能闡明社會的經濟、政治、社會以及文化層次之間的適當關聯。爲了對抗後現代理論的這些缺點，我們將要尋求重建一種多向度與多觀點的社會理論」（貝斯特等，1994：319）。所謂「啓蒙時代哲學」、「浪漫主義」、「批判社會理論」等等，都是舊有的勢力，它們都將重新復出歷史舞臺。

其實，當我們明瞭權力意志是決定一切言說的終極根源時，已經可以預見後現代主義（尤其是解構理論）將不可能永遠保持「一枝獨秀」（形成支配優勢），其他被「壓抑」的舊勢力都會尋隙出來「反支配」，而「反支配」之後又想成爲新的「支配」者，於是人類終將無法擺脫支配／反支配、反支配／支配這一權力循環的鐵則。在這種情況下，如果還有可以討論的空間，那就是我們得正視解構思想家所提出的「延異」說而使得語言／文化的意義不確定或無限延後這一點（雖然它曾被批評爲是「一種新的形上學」，參見朱耀偉，1994：60），同時我們還得知道人可以強要語言／文化固定在某個意義上或自我認定語言／文化具有某個意義這個「事實」，而聯想到所有言說「必定」是權宜性的策略運作。所謂「策略運作」，是以權力意志爲終極的推動因；而所謂「權宜性」，是爲因應解構理論中的延異觀而自我宣稱或標示的。換句話說，我們所以要這麼說或那麼說，以及將所說的話固定在某一意義領域，不是因爲它「必然如此」，而是因爲它方便於遂行權力意志而姑且「應然如此」。本書的這套論述，自然也無法避免要這樣定

位（至於大家信或不信，那就由人自擇，個人無權決定什麼——雖然我也很想它能產生一點影響力）。

第二節　溝通理性的重新出發

　　從另一個角度來看，人類實在也不願意長期處在一種會使人精神分裂的無限制的多元語言／文化氛圍裏（根據歷史的經驗，人類對秩序的需求遠比對混亂的需求高，而語言／文化多元化所顯現的就是一種混亂）。因此，透過溝通性來尋找一條合理的出路，也就成了當務之急。

　　所謂溝通理性，原是當代批判理論家（法蘭克福學派）提出來的，它主要是指各種言說必須營造一個可相互溝通的情境。而爲了使這種情境成爲可能，個別言說本身應該要有四種有效性聲稱：(1)言說的意義是可理解的（可理解聲稱）；(2)命題內容是眞實的（眞理聲稱）；(3)言說行動是正當得體的（正當聲稱）；(4)言說者的意向是眞誠的（眞誠聲稱）（參見黃瑞祺編著，1986：133～134）。這被批判理論家認爲是一個「理想」的溝通行動。雖然這四種有效性聲稱很難完全做到（如從眞理聲稱以下，都難以確切的自我肯定或對人肯定），但至少也得勉強做到第一種有效性聲稱，才有可能進行溝通。而它所要遵守的規範，無非是第二章第四節所提到「合作原則」。話是這麼說，人和人之間即使都遵守這些原則，也還是有無法溝通的時候，而這就涉及到「權益」衝突的問題。於是還得有權益均分或互

相蒙利的承諾，才能確保溝通的正常進行。這已經超出批判理論家原有的意思，可以暫且稱爲「溝通理性的重新出發」。

　　尋求一種合理的生活方式或營造一個有利的生活空間，幾乎是每一個批判後現代主義的人普遍有的想望。如「我想無論後現代的精神再如何否定，它總要嘗試去建立一個值得讓人生活、有意義的生活世界。如果我們往這方面去思考，應該可以再度發揮起文化創造本身的活力……至於說在當道的權力解構，在去中心化了以後，多元的力量興起，究竟怎麼樣可以形成一個值得生活下去的生活世界，這當然也是一個很重要的問題。我想，正如哈伯瑪斯在他《溝通行動理論》第二冊裏面所指出的：其實整個現代的精神所形成的無非是系統，而這個系統會介入到我們生活世界裏面，把生活世界當作殖民地，那裏原有的草根性的創造力量，被一個系統邏輯所控制了，這就是所謂『生活世界的殖民化』。但，最重要的，是如何透過一個不斷溝通的歷程，使這些多元的、自發的力量本身，可以透過溝通歷程逐漸形成一個大的共識方向。所以，除了生活世界的建構以外，也應納入對溝通的強調。所謂對差異的尊重，並不只是維持純粹差異，而是期盼不同的力量在溝通之中找出一個新的方向，既非強迫性的『連續』，也非強迫性的『斷裂』。當然。所謂『連續』的說法可能只是想維繫同一的力量；可是絕對『斷裂』的說法則事實上也只是一種策略，實在界並沒有純粹的斷裂，而都是有其連續的。重要

的是如何透過溝通的方式、進一步的互動，發展出彼此內在的理序」（伍至學主編，1993：24～25）、「可以斷言，二十世紀的文化藝術消彌深度之後，不會一勞永逸地在價值『平面』上遊戲。平面僅僅是歷經創痛的當代人意味深長的『白色幽默』，它本身就預設了『深度』的存在。一味走向平面無異於走向自我解體，走向精神死寂。後現代主義對當代人的衝擊是全方位的。我們可以在思維論層面上肯定後現代主義的批判否定精神和異質多樣的文化意向，但卻必須在價值論層面上批判其喪失生命精神超越之維的虛無觀念和與生活原則同格的『零度』藝術觀。後現代主義不是人類的最後歸宿，它僅僅是世紀之交人類精神價值遁入歷史盲點的『文化逆轉』現象。近年來，西方學者不斷指出：『後現代主義正在走向終結』。後現代主義文化的非中心化、無聊感和零散性正讓位於人類精神的重建和世界文化的新格局。因此，我們大可不必在中國推進後現代主義。我們所能做的就是，在告別二十世紀之時重新進行價值選擇和精神定位，並在走出平面模式的路途中，重建精神價值新維度」（王岳川，1993：405～406）等，這都顯現了一致的意趣。問題是，要透過溝通來尋求合理的生活方式或營造有利的生活空間，並不像他們所想像的那麼容易進行。如果沒有必要的互利承諾作為基礎，人類仍舊得陷於四分五裂的狀態中（後現代所以多音，也可以看作權益衝突白熱化的結果）。因此，上面所提到的新溝通理性的建立，也就成了小區域生活世界或大區域生活世界秩序化

的必備條件。

第三節　對諍權力意志的合理性

　　「相對於後現代主體政略與將政略美學化的傾向，我們倡議一種結盟政略、一種文化政略以及將微視觀點與鉅視觀點聯合起來，並爲批判理性保留一個明確地位的戰略政略。後現代理論，無論如何，是過於主觀以及唯美化以至於無法發展一種關於需要、利益、共識以及折衝之理論的結盟政略。的確，政略就是在相互競爭的羣體、利益以及需要之間的折衝；因此，無法回應折衝與結盟問題的微政略就不可能提供一種適合於當前情況的政略模型……相對於李歐塔以及其他反對鉅視理論、系統分析或者大歷史敍事的人，我們會認爲正是此刻我們需要這種周延的理論以試圖掌握由資本主義在消費、煤介、資訊以及其他領域所進行的這種新的總體化。從這一觀點，我們需要新的批判理論來理解、描述、詮釋鉅視社會過程，正如我們需要可以穿透性別、種族、階級區分而形成共同或普遍利益的政略理論。沒有這種試圖在認知標繪新的社會發展形式以及經濟、文化、教育與政略之間關係的鉅視理論，我們就注定要陷於片斷之中而無法了解新的科技與社會發展對於我們社會生活的各種領域造成什麼樣的衝擊。在我們進入新的、危險的並且令人興奮的社會與政略領域時，認知覽圖對於提供理論與政略導向是必要的。標繪當代社會、政

略與文化現實，需要發展出一個強有力的鉅視社會理論，堅實地立基於當前時代的歷史與經驗分析。雖然後現代覽圖提供我們某些對於新社會情況的導向，終極來說它們在面對末來的挑戰時還是沒有能提供適當的社會與政略理論。因此，全然遺忘或忽視後現代理論會是個錯誤，但是後現代理論到目前爲止還無法爲我們新面臨的挑戰提出對社會、文化、基進政略的適當觀點」（貝斯特等，1994：349～360），雖然這已經是一種趨勢（透過溝通理性來建立結盟政略或文化政略），但得知道萬一它不能普遍化（也就是結盟對象不能遍及全人類或各社羣），很可能會再度形成大大小小霸權，使得未結盟者或結盟不夠龐大者成爲被人宰制的局面。

　　大家應當還記得這一段事實：「李氏（李歐塔）相當反對德國法蘭克福學派哈伯瑪斯所主張的『追求共識』的理論。哈氏對現代工業社會的批判甚爲嚴厲，並不斷指出其中含有的重大危機；但他又樂觀的相信，只要透過不斷的辯論及溝通，可以使大家產生『共識』。透過『共識』，便可使社會所遭到的危機，一一獲得協調。李氏卻認爲，強求溝通共識，很容易造成另一種形式的霸道，將導至相當可怕的後果，甚至於會重蹈歷史上各種獨裁政權的覆轍。在主張努力維護每一種競賽的獨立運作之餘，李歐塔也注意到吾人不能坐視一組競賽侵犯或吞食另一種競賽。他認爲，我們應該發展出一套『公正』的法則，以保障各個競賽的自由發展。而如何找到判定『公正』所依據的準

則，便成了後現代文化或社會中，所面對的重大課題」（羅青，1989：136）。這主要涉及一個權力意志是否合理的問題。不論是那一種形式的溝通（包括單方面的邀請別人接受自己一套言說那種情況），都預設了主導溝通者或參與溝通者的權力「多佔」或權力「分沾」，但有什麼標準可以衡量「多佔」權力或「分沾」權力的合理性？到目前為止，人類都還沒有想出該一標準，自然連論者所期待的在破除「共識」幻想後「應該」出現的公平競賽法則也杳如黃鶴。

縱然如此，我們仍不得或無法放棄在未來任何一個對話或溝通的場合裏相互對諍權力意志的合理性。權力既是人人所不能忘懷，那麼只好承認人追求權力的合法性，而接著所要做的是比較誰所提出的言說在邏輯上足夠嚴密，以及含有高度可信的前提，然後授予所要逐行的權力意志較高的合理性。這應該也是後現代之後，大家不可逃避而要解決的一個課題。

第七章　結論

第一節　主要內容的回顧

　　本書首先把文化看作是語言的別一解釋，兩者的關係可用一個代表同一的斜槓來連接，並將探討的目的設定在要把「語言／文化所牽涉的層面作一點剖析，權當認知的對象，然後藉以推測發展文化可以走的方向」，以及將探討的範圍限制在凸顯文化部分，同時也確立本書所採取的方法爲「描述」、「詮釋」和「對比」的聯合運作。

　　其次，先將涉及語言的一些概念，如「語言系統」、「語言的表層結構」、「語言的深層結構」、「語言的創造」、「語言的傳播」、「語言的變遷」等等，作一點必要的分辨和說明；然後綜合的就各種語言現象加以文化的解釋，而所採取的文化界義，包含終極信仰、觀念系統、規範系統、表現系統和行動系統，這些都給予妥善的分疏，並透過中西兩大文化系統相互對照，以增加解釋的廣度和深度。

　　再次，對於當今在中國大陸流行的文化語言學略加評

介，從該一思潮的來龍去脈、基本論點到詮釋策略中所隱含的化約傾向，都有一番描述、剖析和批判，然後以本書的理論架構和詮釋方向「相勘」，試圖取代或扭轉該一思考模式。至於要繼續稱「文化語言學」，或改稱「語言文化學」，還是另稱其他，已經不是頂重要的事了。

最後，稍一追溯後現代的語言／文化觀，藉以反省本書所構設的這套論說如何才可能。雖然後現代的語言／文化觀宣告了「能指／所指的斷裂」、「中心／邊緣的泯滅」和「主體退位」等等情事，但它同時又揭發了「權力話語」，使得所作的宣告有點流於白費。尤其透過一些批判後現代的聲音，終於讓我們相信必須重拾溝通理性，以互利承諾作爲基礎，進而相互對諍權力意志的合理性，以確保任何論述的順利進行。而本書也期待大家以這種眼光相看待。

個人認爲本書所理出的這個架構，一般所發現的語言／文化現象，大略都能在裏頭給它找到定位（雖然第二章所舉出的某些異文化現象，在第三章中並未充分或一一加以解釋）。姑且再舉一個例子來試驗：「『不要好出頭』的傾向，基本上可以說是一種『身體化』的傾向……這種『保身』哲學，是中國人在『專制主義』與『剷平主義』這兩把刑斧底下苟存之法。在道家的心目中，這個世界是充滿殺身之禍的：『飄風不終朝，驟雨不終日，孰爲此者？天地。天地尚不能久，而況於人乎？』（《老子》第二十章）而且，不只是自然界令人不得長久，還有『偉大的導師』一類的『有爲』之君也視百姓之人命爲草芥：『天地不

仁，以萬物爲芻狗；聖人不仁，以百姓爲芻狗。』（第五章）
因此，人爲了自保，必須『自我壓縮』：『持而盈之，不如
其已；揣而銳之，不可長保。金玉滿室，莫之能守。富貴
而驕，自遺其咎。功成名遂身退，天之道。』（第八章）而
誰好出頭，誰就先倒霉：『勇於敢則殺，勇於不敢則活。』
（第六十一章）『強梁者不得其死。』（第三十六章）爲了
保身，《老子》遂提出了『曲則全』的自我壓縮之法（第十
九章）」（孫隆基，1985：240）。這可歸到規範系統去談論，
算是一種不太風光的倫常現象。論者言下之意，是要漢民
族仿效西方人「頂天立地」，作個好漢子。殊不知這得上溯
漢民族的終極信仰和宇宙觀，才能看得清楚。漢民族在只
能關注人際關係的情況下，必有得志和不得志兩種形態；
不得志時不「明哲保身」，豈不是給自己找更多麻煩？而漢
民族不像西方人心中有上帝，一切行事都只向上帝負責，
他們自不必在同類面前「低頭」、「畏縮」。試問心中沒有上
帝的漢民族，如何勉強成爲西方人？可見論者只知其一，
不知其二；而本書這個架構正好可以給予「補偏救弊」。

第二節　未來的展望

　　依照本書所懸的目的來說，最終是要推測發展文化可
以走的方向，而這得有相異的文化系統作爲對照，才能使
上力。但這首先得排除一些「泛泛之論」，如「當今我們需
要的是一個文化發展規畫，它可以爲我們日漸僵化的精神

生活注入一股朝氣」(赫爾，1990：143)，這太理想化了，倘若文化可以規畫（文化那麼複雜，從何規畫起呢），人類也不至於還深陷在混亂之中；又如「今後世界的思想與文化，一定要走向匯合的境界，政治野心家們，妄想將自己的生活方式，思想格式，強迫的加諸他們以外與他們自己的民族」(趙雅博，1975：201)，這也太樂觀了，「匯合」本身就是一種帶有強制性的行為，何況還有實際上一些匯合的技術要考慮，最後不搞到「灰頭土臉」才怪。此外，還有一些論說，看來較高明，但也有問題，如「對待別的民族文化時，不應以自己的標準來衡量別人，這種態度就是來自文化相對性。所謂文化相對性的意義，就是說文化的高低、好壞，風俗習慣的鄙陋與否，應該從該民族的內在文化去評量，而不能用其他民族的標準、好惡去判斷」(李亦園，1996：17)、「本文集的目的就是要建立一套方法，以探求在屬於不同文化區的社會之間一再重現的各種形式、功能與變遷上的規律」(史徒華 (J. H. Steward)，1989：5)，不論是追求共相，還是保持個相，都得遭到「之後又如何」的質疑。換句話說，那又能保證什麼？它又有什麼遠景可以期待？論者無法再回答這個問題。

目前也偶有比較不浮泛的論調，如「中國作家、批評家的消解意義也是在滑動能指，其『滑動能指』也有『背後』，而其『背後』至少有兩點值得注意：(1)反叛傳統文化，思考中國文化的新出路；(2)擴大視野，關注人類共同關心的問題，尋求與他者的對話，走進世界先鋒話語的行

列……然而，他們在兩點上同時碰到了困難。第一，中國文化中的問題與癥結與西方有關之處，特別是近代以來，文化交往增多了，文化『疾病』也有了更多的『流傳』機會。但是，中國文化問題畢竟不同於西方文化問題。消解意義對文化的震顫是強烈的。但我們用以清理自己文化中問題的方式畢竟不能只是別人用以清理他們文化中問題的方式。第二，『人類共同關心的問題』是一個需要謹慎談論的問題。在不少情況下，只是一個虛無、一個空洞、一個幻覺。只有『對話』才能尋找『共同』，而對話是要有自己的話語的，不然便成為『獨白』，至多是『獨白』式的『雙簧』。言說『先鋒話語』必須聆聽自己的山谷的回音」（程文超，1993：141～142），這提出以「對話」解決人類共同關心的問題，顯然要比前面仍耽溺在個相、共相等等無謂的話題的那些論者較切合實際一點。但不足的是，他所說的「對話」還得有互利的承諾作為先決條件，才可能有效果，而這一點卻沒有在他的論說中見到，不能不是個遺憾。

　　顯然未來發展文化的方向，不在於從別的文化取材來給本文化增添些什麼，也不是以別的文化作為參照系來將本文化汰除些什麼，更不是只停留在個相或共相的揭發就算了事，而得分兩階段進行：第一階段先肯定各文化系統的存在價值，彼此存異而不勉強求同（只有存異才能相互尊重，求同就可能有併吞、宰制等現象發生）；第二階段倘若要求同（合作開發新領域或解決當前人類所遇到的問題），必須有互利的承諾，並且在溝通、對話的過程中相互

對諍權力意志的合理性。前者可以本書的論述作爲一個參考座標，後者有待各文化系統中人集思廣益「以驗後效」。

參考文獻

王林，《美術形態學》，臺北：亞太，1993。

王克千，《價值之探求——現代西方哲學文化價值觀》，黑龍江：教育，1989。

王邦雄，《老子的哲學》，臺北：東大，1986。

王岳川，《後現代主義文化研究》，臺北：淑馨，1993。

王熙元等，《讀書指導》，臺北：南嶽，1982。

方立天，《佛教哲學》，臺北：洪葉，1994。

方東美，《新儒家哲學十八講》，臺北：黎明，1985。

方迪啓，《價值是什麼——價值學導論》（黃藿譯），臺北：聯經，1984。

方蘭生，《傳播原理》，臺北：三民，1988。

木村泰賢，《原始佛教思想論》（歐陽瀚存譯），臺北：商務，1993。

皮柏，《相信與信仰》（黃藿譯），臺北：聯經，1985。

北島等，《告別諸神——從思想解放到文化反思1979～1989》，香港：牛津大學，1993。

申小龍，《文化語言學》，南昌：江西教育，1993。

申小龍，《語文的闡釋》，臺北：洪葉，1994。

石川弘義，《體態言語術》（李泰臨等譯），臺北：國際文

化，1978。

永井潛，《科學總論》（黃其佺譯），臺北：商務，1967。

卡西勒，《人論》（結構羣審譯），臺北：結構羣，1989。

史美舍，《社會學》（陳光中等譯），臺北：桂冠，1991。

史徒華，《文化變遷的理論》（張恭啓譯），臺北：遠流，
　　1989。

史賓格勒，《西方的沒落》（陳曉林譯），臺北：桂冠，1985。

白馬禮，《語言的故事》（李慕白譯），臺北：商務，1980。

古添洪等編著，《比較文學的墾拓在臺灣》，臺北：東大，
　　1976。

古添洪，《記號詩學》，臺北：東大，1984。

比梅爾等，《美學的思索》（不著譯者姓名），臺北：谷風，
　　1987。

包爾生，《倫理學體系》（何懷宏等譯），臺北：淑馨，1989。

布魯格編著，《西洋哲學辭典》（項退結編譯），臺北：華香
　　園，1989。

布羅德等，《科學的騙局》（張弛譯），臺北：久大文化，
　　1990。

早川，《語言與人生》（柳之元譯），臺北：文史哲，1987。

成中英，《C理論——易經管理哲學》，臺北：東大，1995。

朱光潛，《詩論》，臺北：德華，1981。

朱堅章等，《社會科學概論》，臺北：空中大學，1987。

朱維之主編，《希伯來文化》，臺北：淑馨，1992。

朱耀偉編譯，《當代西方文學批評理論》，臺北：駱駝，

1992。

朱耀偉，《後東方主義——中西文化批評論述策略》，臺
　　北：駱駝，1994。

伍至學主編，《哲學雜誌》第四期，臺北：業強，1993、4。

伍至學主編，《哲學雜誌》第十二期，臺北：業強，1995、
　　4。

托多洛夫，《批評的批評——教育小說》（王東亮等譯），臺
　　北：久大、桂冠，1990。

托佛勒，《大未來》（吳迎春譯），臺北：時報，1991。

牟宗三，《中國哲學的特質》，臺北：學生，1976。

伊格頓，《當代文學理論導論》（聶振雄等譯），香港：旭
　　日，1987。

奧斯敦，《語言的哲學》（何秀煌譯），臺北：三民，1987。

多湖輝，《深層語言學》（陳琴譯），臺北：國際文化，1979。

李一，《走向何處——後現代主義與當代繪畫》，北京：中
　　國社會，1994。

李天命，《語理分析的思考方法》，臺北：鵝湖，1983。

李安宅，《意義學》，臺北：商務，1978。

李亦園等，《現代化與中國化論集》，臺北：桂冠，1985。

李亦園，《文化與修養》，臺北：幼獅，1996。

李宗桂，《文化批判與文化重構——中國文化出路探討》，
　　陝西：人民，1992。

李明華，《時代演進與價值選擇——中國價值觀探討》，陝
　　西：人民，1992。

李英明，《科學社會學》，臺北：桂冠，1989。

李茂政，《大眾傳播新論》，臺北：三民，1986。

李約瑟，《中國之科學與文明㈠》（陳立夫主譯），臺北：商
　　務，1974。

李瑞華主編，《英漢語言文化對比研究》，上海：外語教
　　育，1996。

汪琪，《文化與傳播》，臺北：三民，1984。

呂澂，《中國佛學源流略講》，臺北：里仁，1985。

呂大吉，《宗教學通論》，臺北：博遠，1993。

呂天明輯，《藝術的修養》，臺北：五洲，1982。

呂叔湘等，《詞彙學新研究——首屆全國現代漢語詞彙學
　　術討論會選集》，北京：語文，1995。

呂亞力，《政治學》，臺北：三民，1994。

門羅，《走向科學的美學》（安宗昇譯），臺北：五洲，1987。

宋光宇編譯，《人類學導論》，臺北：桂冠，1990。

何秀煌，《記號學導論》，臺北：水牛，1988。

何秀煌，《文化‧哲學與方法》，臺北：東大，1988。

何偉傑，《譯學新論》，臺北：書林，1989。

余英時，《歷史與思想》，臺北：聯經，1988。

余英時，《從價值系統看中國文化的現代意義——中國文
　　化與現代生活總論》，臺北：時報，1989。

沈清松，《解除世界魔咒——科技對文化的衝擊與展望》，
　　臺北：時報，1986。

沈清松，《現代哲學論衡》，臺北：黎明，1986。

沈清松，《物理之後──形上學的發展》，臺北：牛頓，
　　1987。

沈清松編，《中國人的價值觀──人文學觀點》，臺北：桂
　　冠，1993。

沈國鈞，《人文學的知識基礎》，臺北：水牛，1987。

貝斯特等，《後現代理論：批判的質疑》（朱元鴻等譯），臺
　　北：巨流，1994。

林尹，《訓詁學概要》，臺北：正中，1980。

吳怡，《逍遙的莊子》，臺北：新天地，1973。

吳康，《老莊哲學》，臺北：商務，1967。

吳森，《比較哲學與文化㈠》，臺北：東大，1978。

吳森，《比較哲學與文化㈡》，臺北：東大，1984。

吳永猛等，《經濟學（個體部分）》，臺北：空中大學，1990。

吳汝鈞，《佛教的概念與方法》，臺北：商務，1988。

吳潛誠，《詩人不撒謊》，臺北：圓神，1988。

孟樊，《後現代併發症──當代臺灣社會文化批判》，臺
　　北：桂冠，1989。

孟爾熹等編，《自然科學概論》，臺北：新學識，1989。

宗白華，《美學的散步》，臺北：洪範，1987。

邵玉銘編，《理念與實踐──當前國內文化發展之檢討與
　　展望研討會論文集》，臺北：聯經，1994。

邵敬敏主編，《文化語言學中國潮》，北京：語文，1995。

邱永福，《造形原理》，臺北：藝風堂，1988。

佛克馬等編，《走向後現代主義》（王寧等譯），臺北：淑

馨，1992。

佛洛姆，《理性的掙扎》（陳琍華譯），臺北：志文，1976。

佛瑞克納，《倫理學》（李雄揮編譯），臺北：五南，1991。

屈承熹，《語言學論集：理論、應用及漢語法》，臺北：文鶴，1986。

周振鶴等，《方言與中國文化》，臺北：南天，1990。

周華山，《意義——詮釋學的啓迪》，臺北：商務，1993。

周陽山等主編，《西方思想家與中國》，臺北：正中，1993。

周慶華，《秩序的探索——當代文學論述的省察》，臺北：東大，1994。

周慶華，《文學圖繪》，臺北：東大，1996。

周慶華，《臺灣當代文學理論》，臺北：揚智，1996。

法斯特，《行爲語言的奧祕》（陳明誠譯），臺北：國際文化，1986。

拉德納等，《科學與僞科學》（安寶明等譯），臺北：久大文化，1991。

阿德勒，《六大觀念》（劉遐齡譯），臺北：國立編譯館，1986。

阿皮格納內西，《後現代主義》（黃訓慶譯），臺北：立緒，1996。

波奇歐里，《前衛藝術的理論》（張心龍譯），臺北：遠流，1992。

哈山，《後現代的轉向》（劉象愚譯），臺北：時報，1993。

韋伯，《中國的宗教：儒教與道教》（簡惠美譯），臺北：遠

流，1989。

姚朋等，《文學與社會》，臺北：空中大學，1987。

姚一葦，《藝術的奧祕》，臺北：開明，1985。

姚一葦，《審美三論》，臺北：開明，1993。

英格，《反文化：亂世的希望與危險》（高丙中等譯），臺
　　　北：桂冠，1995。

契普，《現代藝術理論》（金珊珊譯），臺北：遠流，1995。

姜森，《語意學精華》（祝振華譯），臺北：黎明，1986。

侯爾，《無聲的語言》（周傳成譯），臺北：協志工業，1989。

胡適等，《中國哲學思想論集（總論篇)》，臺北：水牛，
　　　1988。

胡壯麟主編，《語言系統與功能》，北京：北京大學，1990。

胡楚生，《訓詁學大綱》，臺北：蘭臺，1980。

范錡，《哲學概論》，臺北：商務，1987。

洪丕謨，《道教長生術》，杭州：浙江古籍，1992。

柏拉圖，《柏拉圖文藝對話集》（朱光潛選譯），臺北：蒲公
　　　英，1986。

柏拉圖，《柏拉圖理想國》（侯健譯），臺北：聯經，1989。

俞建章等，《符號：語言與藝術》，臺北：久大文化，1990。

柴熙，《認識論》，臺北：商務，1983。

柴熙，《哲學邏輯》，臺北：商務，1988。

孫旗，《藝術概論》，臺北：黎明，1987。

孫志文主編，《人與宗教》（陳永禹等譯），臺北：聯經，
　　　1984。

孫隆基，《中國文化的「深層結構」》，香港：集賢社，1985。

孫慕康，《現代藝術的知與行》，臺北：作者自印，1968。

高辛勇，《形名學與敍事理論——結構主義的小說分析》，
　　　臺北：聯經，1987。

唐君毅，《中國文化之精神價值》，臺北：正中，1989。

徐育珠，《經濟學》，臺北：東華，1987。

徐復觀，《中國思想史論集續編》，臺北：時報，1985。

徐道鄰，《語意學概要》，香港：友聯，1980。

殷海光，《中國文化的展望》，臺北：活泉，1979。

秦家懿等，《中國宗教與西方神學》（吳華譯），臺北：聯
　　　經，1993。

亞德烈，《藝術哲學》（周浩中譯），臺北：水牛，1987。

涂爾幹，《社會學研究方法論》（胡偉譯），北京：華夏，
　　　1988。

索緒爾，《普通語言學教程》（高名凱譯），臺北：弘文館，
　　　1985。

浦薛鳳，《現代西洋政治思潮》，臺北：國立編譯館，1984。

格林柏格，《藝術與文化》（張心龍譯），臺北：遠流，1993。

馬凌諾斯基，《文化論》（費通等譯），臺北：商務，1987。

陳原，《社會語言學——關於若干理論問題的初步探索》，
　　　香港：商務，1984。

陳世驤，《陳世驤文存》，臺北：志文，1975。

陳秉璋等，《邁向現代化》，臺北：桂冠，1988。

陳秉璋等，《道德社會學》，臺北：桂冠，1988。

陳秉璋，《道德規範與倫理價值》，臺北：國家政策研究資料中心，1990。

陳秉璋等，《藝術社會學》，臺北：巨流，1993。

陳祖耀，《理則學》，臺北：三民，1987。

陳淑娥編，《超現實的美術設計》，臺北：余氏，1984。

陳新雄等編著，《語言學辭典》，臺北：三民，1989。

陳榮灼等編譯，《當代社會政治理論對話錄》，臺北：巨流，1986。

陳瓊花，《藝術概論》，臺北：三民，1995。

許地山，《扶箕迷信底研究》，臺北：商務，1986。

郭有遹，《創造心理學》，臺北：正中，1985。

郭育新等，《文藝學導論》，臺北：文化大學，1991。

郭崑謨，《管理中國化導論——「管理外管理」導向》，臺北：華泰，1990。

郭蒂尼，《信仰的生命》(林啓藩等譯)，臺北：聯經，1984。

郭繼生，《藝術史與藝術批評》，臺北：書林，1990。

曹伯森，《政治學》，臺北：三民，1985。

曼紐什，《懷疑論美學》，臺北：商鼎，1992。

梁啓超等，《中國文學的特質》，臺北：莊嚴，1981。

莊錫昌等編著，《文化人類學的理論構架》，臺北：淑馨，1991。

麥克唐納，《言說的理論》(陳璋津譯)，臺北：遠流，1990。

國立編譯館主編，《科學與科技》(趙雅博等譯)，臺北：國立編譯館，1989。

張綏，《中世紀基督教會史》，臺北：淑馨，1996。

張灝，《幽暗意識與民主傳統》，臺北：聯經，1989。

張世祿，《語言學概論》，臺北：中華，1979。

張金鑑，《西洋政治思想史》，臺北：三民，1970。

張金鑑，《政治學概論》，臺北：三民，1985。

張金鑑，《中國政治思想史》，臺北：三民，1989。

張首映主編，《西方二十世紀文論選（第二卷）》，北京：中
　　國社會科學，1989。

張春興，《心理學》，臺北：東華，1989。

張建邦等，《未來學》，臺北：書華，1996。

張華葆主編，《社會學》，臺北：三民，1985。

張華葆，《社會心理學理論》，臺北：三民，1989。

張廣智等，《史學：文化中的文化》，臺北：淑馨，1994。

張德勝，《社會原理》，臺北：巨流，1987。

黃文山，《文化學及其在科學體系中的位置》，臺北：商
　　務，1982。

黃公偉，《中國文化概論》，臺北：商務，1984。

黃公偉，《哲學概論》，臺北：帕米爾，1987。

黃公偉，《佛學原理通釋》，臺北：新文豐，1989。

黃天麟，《東方與西方》，臺北：桂冠，1992。

黃光國，《中國人的權力遊戲》，臺北：巨流，1992。

黃建中，《比較倫理學》，臺北：正中，1990。

黃俊傑編譯，《史學方法論叢》，臺北：學生，1984。

黃宣範，《語言哲學——意義與指涉理論的研究》，臺北：

文鶴，1983。

黃瑞祺編著，《批判理論與現代社會學》，臺北：巨流，
　　1986。

黃慧英，《後設倫理學之基本問題》，臺北：東大，1988。

黃慶明，《實然應然問題探微》，臺北：鵝湖，1985。

黃慶萱，《修辭學》，臺北：三民，1983。

程文超，《意義的誘惑——中國文學批評話語的當代轉
　　型》，長春：時代文藝，1993。

程祥徽主編，《語言與傳意》，香港：海峰，1996。

溫公頤，《哲學概論》，臺北：商務，1983。

曾仰如，《倫理哲學》，臺北：商務，1985。

曾仰如，《宗教哲學》，臺北：商務，1993。

彭吉象，《藝術學概論》，臺北：淑馨，1994。

彭炳進，《人際關係之發展趨勢》，臺北：水牛，1995。

鹿宏勛等，《生活語言學》，臺北：華欣，1987。

萊昂等，《未來的省思》（馮建三等譯），臺北：駱駝，1988。

湯林森，《文化帝國主義》（馮建三譯），臺北：時報，1994。

勞思光，《中國哲學史（第二卷）》，香港：友聯，1980。

勞思光，《哲學淺說》，香港：友聯，未著出版年。

傅佩榮，《我看哲學——心靈世界的開拓》，臺北：業強，
　　1989。

傅偉勳，《西洋哲學史》，臺北：三民，1987。

傅偉勳，《從創造的詮釋學到大乘佛學》，臺北：東大，
　　1990。

傅偉勳，《佛教思想的現代探索》，臺北：東大，1995。

傅勤家，《中國道教史》，臺北：商務，1988。

福勒，《現代西方文學批評術語》（袁德成譯），成都：四川
　　人民，1987。

楊大春，《解構理論》，臺北：揚智，1994。

楊幼炯，《中國政治思想史》，臺北：商務，1980。

楊國樞編，《中國人的價值觀——社會科學觀點》，臺北：
　　桂冠，1994。

楊懋春，《當代社會學說》，臺北：黎明，1981。

葛兆光，《道教與中國文化》，臺北：東華，1989。

葛雷易克，《混沌——不測風雲的背後》（林和譯），臺北：
　　天下文化，1991。

董同龢，《語言學大綱》，臺北：東華，1987。

詹明信，《後現代主義與文化理論》（唐小兵譯），臺北：合
　　志，1990。

費許門，《語言社會學》（黃希敏譯），臺北：巨流，1991。

費鴻年，《迷信》，臺北：商務，1982。

葉維廉，《歷史、傳釋與美學》，臺北：東大，1988。

葉維廉，《解讀現代‧後現代——生活空間與文化空間的思
　　索》，臺北：東大，1992。

達達基茲，《西洋六大美學理念史》（劉文潭譯），臺北：聯
　　經，1989。

赫爾，《文化理念》（翁德明譯），臺北：遠流，1990。

虞君質，《藝術概論》，臺北：黎明，1987。

廖炳惠，《解構批評論集》，臺北：東大，1985。

廖炳惠，《形式與意識形態》，臺北：聯經，1990。

趙惠玲，《美術鑑賞》，臺北：三民，1995。

趙雅博，《中西文化的出路》，臺北：商務，1975。

趙雅博，《知識論》，臺北：幼獅，1990。

臺大哲學系主編，《當代西方哲學與方法論》，臺北：東
　　大，1988。

樊浩，《中國倫理精神的歷史建構》，臺北：文史哲，1994。

劉康，《對話的喧聲——巴赫汀文化理論述評》，臺北：麥
　　田，1995。

劉君燦，《科技史與文化》，臺北：華世，1983。

劉君燦，《不以規矩不能成方圓》，臺北：東大，1986。

劉昌元，《西方美學導論》，臺北：聯經，1987。

劉思量，《藝術心理學——藝術與創造》，臺北：藝術家，
　　1992。

劉綱紀，《藝術哲學》，湖北：人民，1986。

劉道超，《中國善惡報應習俗》，臺北：文津，1992。

劉福增主編，《羅素論中西文化》（胡品清譯），臺北：水
　　牛，1988。

雷夫金，《能趨疲：新世界觀》（蔡伸章譯），臺北：志文，
　　1988。

蔡文輝，《社會學理論》，臺北：三民，1984。

蔡仁厚，《孔孟荀哲學》，臺北：學生，1984。

蔡仁堅，《科學與古老中國》，臺北：時報，1983。

蔡英俊，《比興物色與情景交融》，臺北：大安，1986。

蔡源煌，《從浪漫主義到後現代主義》，臺北：雅典，1988。

黎安友，《中國的民主》（姜敬寬譯），臺北：五南，1994。

滕守堯，《對話理論》，臺北：揚智，1995。

鄭貞銘主編，《人類傳播》，臺北：正中，1989。

錢穆，《莊老通辨》，香港：新亞研究所，1957。

錢穆，《四書釋義》，臺北：學生，1978。

錢善行主編，《後現代主義》，北京：社會科學文獻，1993。

歐陽勛，《經濟學原理》，臺北：三民，1987。

濮之珍，《中國語言學史》，臺北：書林，1994。

謝仲明，《儒學與現代世界》，臺北：學生，1986。

謝扶雅，《倫理學新論》，臺北：商務，1973。

謝高橋，《社會學》，臺北：巨流，1986。

謝國平，《語言學概論》，臺北：三民，1986。

謝康基，《語意學——理論與實踐》，臺北：商務，1991。

蕭全政主編，《文化與倫理》，臺北：國家政策研究資料中心，1990。

戴孚高，《西方哲學（1900～1950)》（傅佩榮譯），臺北：業強，1989。

戴華山，《語意學》，臺北：華欣，1984。

龍冠海，《社會學》，臺北：三民，1987。

龍冠海等，《西洋社會思想史》，臺北：三民，1987。

龍冠海主編，《社會科學大辭典：第一冊社會學》，臺北：商務，1988。

薩孟武，《西洋政治思想史》，臺北：三民，1986。

關紹箕，《走出符號的迷宮——啟蒙語意學》，臺北：正中，1989。

顏澤賢，《現代系統理論》，臺北：遠流，1993。

魏鴻榮，《哲學定義》，臺南：聞道，1984。

羅青，《什麼是後現代主義》，臺北：五四，1989。

羅青，《詩人之燈》，臺北：東大，1992。

羅素，《哲學問題》（張素瑢等譯），臺北：業強，1989。

羅常培，《語言與文化》，北京：語文，1989。

懷特，《文化科學——人和文明的研究》（曹錦清等譯），臺北：遠流，1990。

懷脫賽，《表情語言的奧秘》（葛又平譯），臺北：國際文化，1988。

嚴靈峰，《老莊研究》，臺北：中華，1966。

龔鵬程，《詩史本色與妙悟》，臺北：學生，1986。

語言文化學

作　　者／周慶華

出　　版／生智文化事業有限公司

發 行 人／葉忠賢

總 編 輯／閻富萍

地　　址／台北縣深坑鄉北深路三段 260 號 8 樓

電　　話／(02)86626826

傳　　真／(02)26647633

E-mail／service@ycrc.com.tw

印　　刷／鼎易印刷事業有限公司

初版二刷／2008 年 10 月

定　　價／新臺幣 200 元

I S B N ／957-8637-45-4

國家圖書館出版品預行編目資料

語言文化學 / 周慶華著. – 初版. – 臺北市
　　：　生智，　1997[民 86]
　　　　面：　　公分.
　　參考書目:面
　　ＩＳＢＮ　957-8637-45-4 (平裝)

　　1. 語言文化學

　800.16　　　　　　　　　　　86006484

臺灣當代文學理論
Contemporary Taiwanese Literary Theory

《臺灣當代文學理論》一書旨在
藉由對臺灣當代文學理論的探討，
推測相關的論說所要具備的條件，
以期能給予當前或未來的文學創作
和文學批評提供一些可以參考或借
鏡的方法。

揚智文化事業股份有限公司　出版

周慶華　著

定價　250 元

ISBN　957-9272-69-7

[CIP]　820

臺灣文學與「臺灣文學」
Taiwan Literature and "Taiwan Literature"

　　時序即將進入 21 世紀，臺灣文學的
論述也正在營造另一波高峰。只是但見
共同的議題，卻不見有什麼新穎的論調
。其中的原因以及缺憾，本書都一一給
予爬梳和彌補。它既可以讓人透視目前
臺灣文學的問題所在，還可以讓人找到
臺灣文學在未來的發展方向，遠比同類
型的著作要更深入和具有前瞻性。

生智文化事業有限公司　出版
周慶華　著
定價　250 元
ISBN　957-8637-44-6